개를 데리고 다니는 여인

체호프 단편선❶

개를 데리고 다니는 여인

체호프 단편선❶

안톤 체호프 지음 | 장한 옮김

더클래식

개를 데리고 다니는 여인

1

바닷가 거리에 새로운 얼굴이 보인다는 소문이 떠돌았다. 개를 데리고 다니는 여인이. 드미트리 드미트리치 구로프도 얄타에서 지낸 지 어느새 2주일째라 이제 이곳은 친숙해져 새로운 얼굴들에 관심을 가지게 되었다. 카페 베르나에 앉았다가 그는 창밖으로 바닷가 거리를 산책하는 젊은 여인을 보았다. 그리 키가 크시 않은 금발의 여자는 베레모를 쓰고 있었다. 여자 뒤로는 하얀 스피츠가 따라가고 있었다.

그 이후로도 그는 이 여자를 시내 공원에서 혹은 네거리 광장에서 하루에도 몇 번씩 보게 되었다. 여자는 혼자 늘 같은 베레모를 쓴 채 하얀 스피츠를 데리고 다녔다. 누구도 그녀에 대해 몰랐으며 그래서 그 여자를 단순히 이렇게 불렀다. 개를 데리고 다니는 여인.

'저 여자가 남편 혹은 친구와 이곳에 머물지 않는다면 사귀는 것도 괜찮을 텐데…….' 하고 구로프는 생각했다.

그는 아직 마흔이 되지 않았지만 어느새 열두 살 난 딸 하나와 중학교에 다니는 아들 둘이 있었다. 그는 일찍, 그것도 대학교 2학년 때 결혼했는데, 지금 그의 아내는 그보다 1.5배는 늙어 보였다. 짙은 눈썹을 가진 그의 아내는 키가 크고 뚱뚱했으며, 직설적이고 거만하며 스스로를 생각이 깊은 여자라 여기고 있었다. 아내는 또한 책을 많이 읽었는데, 유행을 쫓기 위해 멋 부린 철자법을 쓰느라 남편을 드미트리가 아니라 지미트리라고 불렀다. 하지만 그는 그런 아내를 천박한 것도 모자라 속이 좁고 촌스런 여자라 여겨 집에 있기를 싫어했다. 이미 오래전부터 그는 여러 여자들과 바람을 피우기 시작했다. 그 이유 때문인지 그는 항상 여자에 대한 편견이 심했고 그가 있는 자리에서 여자에 대한 화제가 나오면 그들을 이렇게 불렀다.

"싸구려 종자들!"

안 좋은 경험을 충분히 했기에 여자들을 마음 내키는 대로 불렀지만, 또 한편으로는 그 '싸구려 종자들'이 없다면 그는 단 이틀도 살아갈 맛을 느끼지 못했을 것이다. 남자들만 있으면 무료해했으며, 기분도 좋지 않아 말도 섞지 않았지만, 여자들과 있으면 어느새 자유로움을 느꼈고 무슨 말로 어떻게 처신을 해야 하는지도 잘 알고 있었다. 어떤 때는 말을 하지 않아도 여자들과 함께 있으면 편안했다. 그의 외모와 성격 그리고 기질 전체는 매력적이면서도 좀체 알 수 없는 무엇인가가 있어, 여자들은 쉽게 그에게 매혹되었다.

수없는 경험, 때론 민망하고 힘든 일을 많이 겪었기에 그는 벌써, 모든 정사는 처음에는 생활에 즐거움을 가져다주는 유쾌한 모험이지만, 점잖은 사람, 특히 속을 잘 보이지 않는 이러지도 저러지도 못하는 우유부단한 모스크비치(모스크바에서 태어나 살고 있는 사람들)들에게는 결국 아주 골치 아픈 문제라는 사실도 잘 알고 있었다. 하지만 아름다운 여인이 눈앞에 나타나면 그때의 그 경험과 기억은 눈 녹듯 슬그머니 사라져 다시금 모든 일이 즐겁고 행복하게만 여겨졌다.

어느 날 해가 질 무렵, 그가 노천카페에서 식사를 하고 있는데 베레모를 쓴 그 여인이 옆 테이블에 앉으려고 천천히 앞으로 다가왔다. 표정이며 걸음걸이, 의상, 머리 스타일을 보면 분명 그 여자는 점잖은 신분이며, 남편이 있고, 얄타에는 처음으로 혼자 왔고, 이곳에서 심심하게 지내고 있다는 것을 그는 알 수 있었다……. 이 고장의 좋지 못한 풍속 가운데 많은 부분은 사실이 아니며, 할 수만 있다면 직접 저지르고 싶은 사람들이 그런 이야기 대부분을 마구 지어낸다는 것을 그 또한 알고 있었다. 그러나 여인이 세 발자국 정도 떨어진 옆 테이블에 앉자, 숲 속에서 은밀한 만남이나 여자를 쉽게 정복했던 승리감 같은 단상들이 떠올라 지금의 상황 역시 그와 같을 것이라는 생각이, 또 이름도 성도 모르는 여인과의 은밀한 로맨스에 대한 유혹이 그를 사로잡았다.

그는 자연스럽게 스피츠에게 손짓했다. 개가 다가오자 손가락으로 쓰다듬었다. 스피츠가 으르렁대기 시작했다. 구로프는 다시 쓰다듬었다.

여인이 그를 바라보며 눈을 내리깔았다.

"물지는 않아요."

그녀는 말을 끝내자마자 얼굴을 붉혔다.

"뼈를 줘도 될까요?"

그녀가 고개를 끄덕이자 그는 친근하게 물었다.

"얄타에 오신 지는 오래되었나요?"

"5일째랍니다."

"저는 벌써 2주째 머물고 있습니다."

잠시 둘 다 말을 하지 않았다.

"시간이 참 빨라요. 그런데 이곳은 정말 무료해요!"

그녀는 그를 보지 않은 채 말했다.

"모두가 그렇게 말을 하지요. 벨료프(러시아 중부 툴라 근처의 작은 도시_옮긴이)나 지즈드라(러시아 중부 칼루가 근처의 작은 도시_옮긴이)같은 곳에서는 한 번도 지루하다고 느껴 본 적 없던 사람들도 이곳에만 오면 '지루해 죽겠군! 온통 먼지투성이야!'라고 말한다지요. 그라나다(스페인 남부 안달루시아 지방의 유명한 관광도시_옮긴이)에서 오기라도 한 듯 말이지요."

그녀가 웃음을 터뜨렸다. 그러고는 다시 말없이 처음 본 사람들처럼 식사를 했다. 하지만 식사를 마친 뒤에는 나란히 걸어 나왔다. 그리고 어디서든 또 무엇을 말하든 개의치 않는, 여유로운 사람들이 나누는 농담 섞인 가벼운 이야기를 나누기 시작했다. 그들은 어유롭게 산책하며 묘한 빛을 띤 바다에 대해 이야기를 나눴다. 보기에도 무척이나 부드럽고 따스해 보이는 보랏빛 바다 위로 금색 달빛이 선을 그리고 있었다. 그 둘은 대낮의 뜨거움이 여전히 지속된다고 말했다. 구로프는 자신이 모스크비치이며, 인문학을 공부했지만 은행에서 일하고 있고, 한때 오페라 가수가 되기 위해 연습했으나 그만두고 지금은 모스크바에 집 두 채를 소유하고 있다는 이야기를 했다. 그리고 그녀가 페테르부르크에서 성장했으며 지금은 결혼을 해서 2년째 S시에서 살고 있고, 얄타에는 한 달 정도 머무를 예정이며, 어쩌면 휴식이 필요한 남편도 이곳에 올지 모른다는 사실도 알게 되었다. 또한 그녀 스스로가 우스워할 정도로 자신의 남편이 근무하는 곳이 지방 관청인지 지방 의회인지 제대로 설명을 하지 못했다. 구로프는 그녀의 이름이 안나 세르게예브나라는 것도 알게 되었다.

시간이 흘러 자신의 호텔 방에 들어온 그는 분명 내일도 그녀와 만날 것이라고 생각했다. 분명 그래야만 했다. 침대에 누운 그는 그녀가 얼마 전까지만 해도 자신의 딸처럼 여학생의 신분으로 학교에 다녔을 일을 생각해 보았다. 그녀가 웃을 때 그리고 낯선 사람들과 이야기할 때 무척이나 수줍어하며 어색해하던 것을 기억해 냈다. 사람들이 어떤 은밀한 목적을 가지고 그녀의 뒤를 따라다니며 이야기하고 그녀를 낯설게 쳐다보는 일들 모두가 그녀에게는 태어나 처음 겪는 일이 분명했다. 그리고 그녀의 매끄러우면서도 가는 목과 아름다운 회색 눈동자를 생각했다.

'그 여자에게는 어쩐지 애틋한 구석이 있어.' 그는 이렇게 생각하고 잠이 들었다.

2

알고 지낸 지 일주일이 지났다. 휴일이었다. 호텔 방은 더웠고 거리에는 회오리바람이 불어 먼지가 날렸고 벗겨진 모자가 굴러 다녔다. 종일 목이 말랐던 구로프는 몇 번이나 카페에 들러 안나 세르게예브나에게 시럽을 탄 물이나 아이스크림을 권했다. 하루가 더디게 가는 견디기 힘든 날이었다.

저녁이 되어 바람이 좀 잠잠해지자, 그들은 기선이 들어오는 것을 보기 위해 방파제로 발길을 옮겼다. 부두는 꽃다발을 든 마중 나온 사람들로 붐볐다. 세련된 얄타 사람들의 두 가지 특징은, 중년의 부인들이 젊게 차려입는다는 것과 장군들이 많다는 것이었다.

파도가 높아 기선은 해가 진 뒤에야 늦게 도착했다. 그것도 모자라 부두에 대기 위해 방향을 돌리는 데도 한참이나 걸렸다. 안나는 마치 아는 누군가를 찾는 것처럼, 손잡이가 달린 안경으로 기선과 승객을 관찰하다가 눈을 반짝 들어서는 구로프에게 말을 걸었다. 그녀는 말이 많은 것도 모자라 엉뚱한 질문을 쏟아 내기도 했는데 이내 자신이 한 말들을 잊어버렸다. 그러고는 혼잡한 사람들 속에서 손잡이가 달린 안경을 잃어버리고 말았다.

수많은 군중이 사라지고 서로의 얼굴이 구분되지 않을 정도로 컴컴해지고 바람도 완전히 잦아들었으나, 구로프와 안나는 아직도 기선에서 내리지 않은 누군가를 기다리는 듯 서 있었다. 안나는 곧 구로프에게로 시선을 돌리고 말없이 꽃향기를 맡고 있었다.

"저녁이 되니 날씨가 좋아졌어요."

그가 말했다.

"이제 우리 어디로 갈까요? 마차를 타는 건 어때요?"

그녀는 말이 없었다.

그는 그녀를 뚫어지게 바라보는가 싶더니 별안간 그녀를 껴안고 입에 키스를 했다. 물기를 머금은 꽃향기가 그를 에워쌌다. 하지만 그는 누군가 보고 있지 않을까 싶어 흠칫 주위를 살펴보았다.

"당신이 머무는 방으로 갑시다……."

그는 조용히 말했다. 그리고 두 사람은 서둘러 걸었다.

그녀의 호텔 방은 더웠고, 그녀가 일본 상점에서 구입한 향

수 냄새가 진동했다. 구로프는 새삼스럽게 그녀를 바라보며 '이런 만남도 할 수 있군.' 하고 생각했다. 그의 기억 속에는, 사랑으로 인해 즐거워하고 비록 그 시간이 짧았지만 행복했다고 그에게 고마워하는 착한 여인들이 있는가 하면, 사랑에 대해 부정적이며 진실하지 않은 여인들도 있었다. 그녀들은 모두 수다스럽고 가식적이며 히스테릭하고 가끔은 이런 행위는 사랑이 아닌 다른 고상한 무엇이라는 등의 표정을 짓는, 굳이 비교하자면 그의 아내와 같은 여자들이었다. 그런가 하면, 삶이 채워 줄 수 있는 것보다 더 많은 것을 얻기 위해 탐욕스러운 표정과 지치지 않는 욕구를 가끔씩 드러내는, 두세 명의 매우 아름답지만 차가운 여자들도 있었는데 이제 그들 대부분은 나이가 들어 변덕스럽고 분별력이 없는, 억지나 부리는 천박한 여자들로 변해 있었다. 그 여자들에게 관심이 사라지자, 그들의 아름다움은 이제 구역질로 느껴졌고 심지어는 그들의 속옷 레이스조차 끔찍한 비늘로 보일 정도였다.

하지만 지금은 달랐다. 누군가 급작스럽게 문을 두드릴 때 느끼는 당혹감과 같은 풋풋한 감정, 미숙한 아이들에게나 볼 수 있는 수줍음과 어색함만이 있을 뿐이었다. 안나 세르게예브나, 이 '개를 데리고 다니는 여인'은 지금 이 일을 꽤나 심각하게 고민하고 있을 뿐만 아니라, 자신이 타락한 여자가 되어 버린 듯한 행동을 보여서 그에게는 그런 그녀의 행동이 무척이나 신기하고 어색해 보였다. 긴 머리칼이 두 볼에 처량하게 드리운 안나는 고개를 숙이고 우울한 표정으로 앉아 있었다. 그녀의 모습은 오래된 그림에서나 볼 수 있는 죄 많은 여인 마리아 막달레나를 연상시켰다.

"이게 아닌데……."

그녀가 말했다.

"당신은 더는 저를 존중하지 않겠지요."

호텔 방 테이블에는 수박이 놓여 있었다. 구로프는 한 조각을 잘라 시간을 들여 천천히 먹었다. 침묵 속에서 반 시간이 넘게 흘렀다.

안나는 처량해 보였고, 좋지 않은 세상일은 전혀 모르고 살아온 여인네의 착실하고 순진한 모습이 느껴졌다. 테이블 위에서 외롭게 타고 있는 촛불이 희미하게 그녀의 얼굴을 비췄다. 그녀의 마음이 어두워 보였다.

"내가 당신을 존중하지 않다니 무슨 말이지요?"

구로프가 물었다.

"무슨 말을 하고 있는지 모르겠어요."

"하느님, 저를 용서하세요!"

금세라도 울 듯한 얼굴로 그녀가 말했다.

"무서워요."

"변명할 필요는 없답니다."

"제가 무슨 이유로 변명하겠어요? 저는 천해요. 그리고 나쁜 여자예요. 저 자신을 이렇게 경멸하는데 무엇 때문에 변명하겠어요. 저는 남편을 배신한 것이 아니라 저 자신을 배신했어요. 지금뿐만이 아니라 이미 오래전부터 그래 왔어요. 제 남편, 그래요. 착하고 근면한 사람이지요. 하지만 노예랍니다! 그 남자가 무슨 일을 어떻게 하는지 저는 몰라요. 하지만 그 사람이 노예 같은 사람이라는 것은 알고 있어요. 그 사람과 결혼할 때 저는 스무 살이었어요. 그래요, 저는 호기심이 많았고 더 나은 무엇인가를 바라고 있었어요. '그래, 다른 삶이 있을 거야!' 하고 스스로에게 이야기했거든요. 멋지게 제대로 살아 보고 싶었어요! 제대로, 제대로요……. 호기심이 저를 파괴시킨 셈이지요……. 당신은 이해하기 힘들 거예요. 하지만, 맹세코, 저는 견디기 힘들어, 혹은 무슨 일이라도 벌일 것만 같아 어떻게 다른 방법을 찾지 못하고, 남편에게 아프다고 말하고 이곳에 왔어요……. 그러고는 이곳에서 미친 듯이 걸어 다녔어요……. 보세요, 저는 저속한 것도 모자라 타락한 여자가 되어 버렸어요. 누구나 경멸해도 되는 그런 여자가 되었어요."

구로프는 이 모든 말이 지겨워졌다. 갑자기 어울리지도 않게 엉뚱한 참회라니, 그리고 그녀의 순진한 말투가 그를 더욱 짜증 나게 만들었다. 눈물만 보이지 않았다면, 그녀가 바보 같은 소리를 하거나 연기를 하고 있다고 생각했을 것이다.

"당신이 무엇을 원하는지 알 수가 없군."

그가 작은 목소리로 말했다. 그녀는 그의 가슴에 얼굴을 묻고 흐느꼈다.

"믿어 주세요, 제발 저를 믿어 주세요……."

그녀가 이어서 말했다.

"저는 정직하면서도 깨끗한 생활을 좋아해요. 타락은 싫답니다. 제가 지금 뭘 하고 있는지 저조차 잘 모르겠어요. 그래요, 귀신에 홀렸다는 말이 있잖아요. 지금 제가 그래요, 귀신에게 홀렸어요."

"그만, 그만하면 됐어요……."

그가 중얼거렸다. 그는 겁에 질려 움직이지 않는 그녀의 눈동자를 바라보며, 그녀에게 입맞춤을 했다. 그리고 부드러운 말투로 달랬다. 그녀는 시간이 흐르자 평정을 찾고 다시 명랑해졌다.

두 사람은 함께 유쾌하게 웃기도 했다.

잠시 뒤, 그들은 밖으로 나왔다. 바닷가 거리는 아무도 보이지 않았고, 사이프러스가 우거진 번화가도 죽은 듯 고요했으며, 바닷가에서는 여전히 파도치는 소리만이 들려왔다. 고깃배 한 척이 물결에 흔들리고, 그 위에서 작은 등불이 잠에 취한 듯 깜박였다. 그들은 마차를 타고 오레안다(얄타에서 조금 떨어진 해안 도시. 러시아 황제의 여름 휴양지_옮긴이)로 향했다.

"조금 전 아래층 로비에서 당신 성을 알았소 흑판에 폰 디데리츠라 써 있더군. 남편이 독일 사람이오?"

구로프가 물었다.

"아뇨, 그 사람 할아버지가 독일인이었다고 들었어요. 그 사람은 정교도예요."

오레안다에 도착한 두 사람은 교회당에서 멀리 떨어지지 않은 벤치에 앉아 바다를 내려다보며 침묵했다. 새벽안개 속에서 흐릿하게 얄타가 보이고, 산 정상에는 흰 구름 하나가 걸려 있었다. 나뭇잎 하나 흔들리지 않았고, 매미들이 울고 있었다. 아래서 들려오는 단조롭고 속이 텅 빈 듯한 파도 소리는 우리 모두가 기다리는 영원한 잠, 평온에 대해 말하고 있었다. 그렇게 아래에서는 파도 소리가, 이곳에 아직 얄타도, 오레안다도 존재하지 않앞을 때에도 울렸고, 지금도 울리고 있고, 우리가 사라진 후에도 지금처럼 똑같이 무심하고 공허하게 울릴 것이다. 어쩌면 바로 이 변화 없음에, 우리 모두의 삶과 죽음에 대한 완전한 무관심에, 우리의 영원한 구원에 관한, 지상의 끊임없는 삶의 움직임에 관한, 완성을 향한 부단한 움직임에 관한 비밀이 담겨 있는지도 모른다. 바다, 산, 구름, 넓은 하늘이 펼치는 신비로운 풍경 속에서 여명을 받아 더욱 아름답고 매혹적으로 보이는 젊은 여자와 나란히 앉아, 구로프는 이런 생각에 잠겼다. 실제로 곰곰이 생각해 보면, 이 세상의 모든 것들은 얼마나 아름다운가. 우리는 존재 자체의 순수한 목적과 자신의 인간적 가치도 잊은 채 생각하고 행하는 것을 제외한 모든 것이.

아마도 야경꾼인 듯한 어떤 사람이 다가와 그들을 잠시 쳐다보고는 지나쳐 갔다. 이런 작은 일도 소중하고 신비롭게 느껴졌다. 아침 빛이 밝아 이미 불을 끈, 페오도시야(크림 반도 남쪽의 작은 항구_옮긴이)에서 온 기선이 보였다.

"풀에 아침 이슬이 맺혔어요."

침묵을 깨며 그녀가 말했다.

"이제 그만 돌아갑시다."

그들은 얄타로 돌아왔다.

이후에도 그들은 매일 한낮 바닷가 거리에서 만나, 함께 간단히 점심 식사를 하거나 저녁 식사를 했으며, 산책을 하거나 황홀한 눈빛으로 바다를 바라보기도 했다. 그녀는 숙면을 하지 못했다거나 심장이 뛴다거나 하는 불평을 늘어놓았으며 가끔씩은 걱정스러운 표정으로 그가 자신을 정말로 존중하지 않는 것이 아니냐며 같은 질문을 연달아 했다. 그리고 그는 가로수 길이나 공원에 사람들이 보이지 않으면 자주 그리고 갑자기 그녀를 끌어안고 격정적으로 키스했다. 행여 누가 보고 있지는 않을까 하는 걱정 속에서 나누는 한낮의 키스, 무더위, 바다 냄새, 늘 지나치는 세련되면서도 안정적으로 보이는 여유로운 사람들, 그런 가운데 나태하게 지내는 생활이 그를 다른 사람으로 변하게 만들었을지도 모른다. 그는 안나에게 아름답고 매혹적이라 말하며, 열정에 들떠 그녀에게서 한 발짝도 떨어지지 않았다. 그녀는 자주 생각에 잠겼는데, 그가 자신을 존중하지 않고 조금이라도 사랑하지 않으며 천박한 여자로 여기지 않는지 고백하라고 졸라댔다. 그들은 거의 매일 늦은 저녁 시간에 마차를 타고 도시 외곽으로, 오레안나보 혹은 쏙포가 있는 곳으로 갔다. 이렇게 짧은 여행은 언제나 아름다웠으며 깊은 인상을 가져다주었다.

그들은 그녀의 남편이 곧 올 것이라고 생각했다. 그런데 남편에게서 편지가 왔다. 눈병을 심하게 앓고 있으니 지체하지 말고 집으로 돌아오라는 내용이었다. 안나는 서두르기 시작했다.

"잘됐네요. 이제 저는 떠나야 해요."

그녀가 구로프에게 말했다.

"그럴 수밖에 없는 운명이네요."

그녀는 마차를 타고 역으로 출발했고, 그는 그녀를 배웅했다. 역까지는 한나절이 걸렸다. 급행열차에 몸을 실은 뒤 출발을 알리는 두 번째 벨이 울리자 그녀가 말했다.

"한 번만 더 당신 얼굴을 볼게요…… 한 번만 더. 네, 그렇게요……."

그녀는 울지 않으려 애썼다. 하지만 얼굴은 아픈 사람처럼 기운이 없어 보였다. 그녀의 얼굴이 경련을 일으켰다.

"당신을 생각할 거예요……. 잊지 못할 거예요."

그녀가 말했다.

"부디, 안녕히 계세요. 잘 지내세요. 그리고 제가 좋은 기억으로 남길 바라요. 우리는 이렇게 영원히 헤어지는군요. 하긴 그래야 하겠죠, 다시 만나서는 안 되니까요. 그럼 안녕히……."

기차는 빠르게 떠났고 불빛도 곧 사그라졌다. 잠시 뒤, 기차 소리도 들리지 않았다. 마치 이 달콤한 일들과 혼란에서 어서 빨리 빠져나오라고 모든 것이 일부러 만들어진 듯했다. 플랫폼에 홀로 남아 어둠 속을 응시하던 구로프는 귀뚜라미가 우는 소리와 전선이 윙윙거리는 소리를 듣자, 잠에서 깬 듯 눈을 껌벅이며 생각했다. 자신의 인생에 또 다른 새로운 사건이 일어났다. 하지만 이제는 끝나고 추억으로 남아 버렸다……. 그는 마음이 허전하고 쓸쓸했으며 가벼운 후회까지 들었다. 그가 더는 만날 수 없는 이 젊은 여인은 그와 함께 있을 때 진정으로 행복하지 못했다. 그는 그녀에게 다정했고 또 사랑의 신호를 보냈지만, 그래도 그의 태도는, 그의 목소리와 손길에는, 행운을 잡은 거의 두 배나 나이가 많은 사내의 가벼운 조소와 거친 오만의 그림자가 깔려 있었던 것이다. 그녀는 늘 그를 착하고 특별하고 고상하다고 말했으니, 분명 그는 그녀에게 본래의 모습으로 보이지 않았던 것이다. 그러니까 무의식중에 그녀에게 거짓말을 한 셈이었다…….

기차역에서는 가을 냄새가 났고, 바람도 제법 쌀쌀했다.

'나도 모스크바로 돌아갈 때가 되었어.'

구로프는 플랫폼을 나오며 생각했다.

'돌아갈 때가 된 거야!'

3

모스크바에 있는 집은 어느새 겨울 준비를 하고 있었다. 난로를 때고, 아이들은 학교에 갈 준비를 하고, 차를 마치는 아침이면 아직 어두워 유모가 잠깐씩 불을 켜야 했다. 벌써 얼음이 얼기 시작했다. 첫눈이 내려 썰매를 꺼내 처음 타는 날은 하얗게 변한 땅과 지붕을 바라보는 일이 즐거웠으며 숨을 내쉬는 것도 상쾌하고 달콤했다. 이런 때가 되면 유년시절이 생각났다. 서리를 맞은 하얗게 변한 친근한 모습의 보리수나무와 자작나무 고목은 사이프러스나 종려나무보다 더 가깝게 느껴져, 그 옆에 있으면 산과 바다가 생각나지 않았다.

구로프는 모스크바에서 태어났다. 적당히 기분 좋게 추운 날, 모스크바에 돌아온 그가 털외투를 입고 따뜻한 장갑을 끼고 페트로프카 거리(모스크바 중심의 번화가_옮긴이)를 걷고 있노라면, 토요일 저녁에 울리는 종소리를 듣고 있노라면, 얼마 전의 여행과 그가 머물렀던 장소들에 대한 매력은 어느새 사라지고 없었다. 차츰 그는 모스크바 생활에 빠져들었다. 하루에 세 종류의 신문을 탐욕스럽게 읽으면서도 모스크바 신문은 보지 않는 것이 원칙이라고 이야기하고 다녔다. 이제 그는 레스토랑과 클럽, 초대 만찬, 기념식 등에 마음이 끌렸고, 자신의 집에 유명 변호사들과 예술가들이 방문한다거나 의사 클럽에서 교수와 카드놀이를 한다는 것을 은근슬쩍 자랑하고 다녔다. 이제는 접시에 그득한 훈제 고기와 양배추도 먹어 치우게 되었다…….

한 달 정도 지나면 안나 세르게예브나 또한 기억에서 희미해져 아주 가끔, 다른 사람들처럼 처량한 미소를 띤 채 꿈속에 나타날 것이라고 그는 생각했다. 하지만, 한 달도 더 지나고 겨울도 깊어 갔건만, 안나는 마치 어제 작별한 것처럼 생생하게 기억 속에 남아 있었다. 추억은 더욱 또렷해지고 있었다. 그의 서재에서 떠드는 아이들의 목소리가 고요한 저녁 시간을 가르고 들릴 때나, 레스토랑에서 노래나 오르간 연주를 듣고 있을 때 그리고 벽난로에서 눈보라 치는 소리가 윙윙 울릴 때면, 기억 속에서 모든 것들이 되살아났다. 방파제에 갔던 일도 그랬고, 새벽안개 속의 산과 페오도시야에서 온 기선과 입맞춤도 그랬다. 그는 오랫동안 방 안을 서성거리며 미소 짓곤 했는데, 회상은 차츰 공상으로 바뀌어 과거의 일이 상상 속 미래의 일로 혼동되곤 했다. 안나는 꿈에만 나타나는 것이 아니라, 그의 그림자가 되어 어디든 따라다녔다. 눈을 감으면 그녀가 눈앞에 서 있었다. 예전보다 더욱 아름답고 젊었으며 사랑스러웠다. 그 자신도 얄타에 있을 때

보다 훨씬 멋지게 느껴졌다. 그녀는 밤마다 책장이 있는 벽난로 방 한구석에서 그를 바라보았고, 그는 그녀의 숨소리와 부드러운 옷자락이 스치는 소리를 들었다. 그는 거리의 여자들을 쳐다보며 그녀를 닮은 여자가 없나 찾곤 했다……

그런데 어느 순간 견딜 수 없을 만큼 누군가에게 자신의 추억을 이야기하고 싶어졌다. 하지만 집에서는 말할 수 없는 일이었고 집 밖에서도 적당한 상대를 찾을 수 없었다. 이웃 주민도 안 되었고 그렇다고 은행에 그럴 만한 상대가 있는 것도 아니었다. 그런데 대체 무엇을 말한단 말인가? 정말로 그가 그때 사랑을 했던가? 과연 그와 안나의 관계에는 무엇인가 아름다운 것, 시적인 것, 그것도 아니면 유익하거나 순수하게 관심을 끌 만한 것이 존재하기나 했던 것인가? 그래서 별수 없이 막연하게 사랑과 여자에 관해 이야기했지만, 그 누구도 그의 속뜻을 눈치채지는 못했고, 그의 아내만이 짙은 눈썹을 치켜 올리며 이렇게 말했다.

"지미트리, 당신에게는 멋쟁이 역할이 어울리지 않아요."

어느 날 밤이었다. 의사 클럽에서 카드놀이를 함께 하던 관리와 밖으로 나온 그는 참지 못해 말하고 말았다.

"사실은 내가 얄타에서 예쁜 여자를 하나 만났거든."

관리는 썰매를 타고 출발하려다 말고 갑자기 뒤를 돌아보며

26

이름을 불렀다.

"드미트리!"

"왜?"

"자네 말이 틀림없네! 철갑상어는 냄새가 아주 고약하더군."

평소에는 아무렇지도 않게 들었던 말이었지만 오늘은 어쩐지 구로프를 짜증나게 만들었다. 이 말은 즉시 모욕적인 것도 모자라 불결하게 느껴졌다. 젠장, 무식한 작자 같으니라고!

의미 없는 밤은 이어지고, 흥미도 가치도 없는 시시한 날들이 계속되었다. 미친 듯이 이어지는 카드놀이, 폭식, 폭음, 끝없이 이어지는 시시껄렁한 이야기들. 아무짝에도 쓸모없는 일과 시시한 대화로 소중한 시간과 정력을 빼앗기고 결국은 꼬리도 날개도 잘린 삶, 농담만이 전부였다. 마치 정신병원에 갇힌 듯 벗어날 수도 도망칠 수도 없었다!

그날 밤 구로프는 화가 나서 잠시도 눈을 붙이지 못했다. 그는 침대에 걸터앉아 생각에 잠기거나 방 안을 어지럽게 서성거렸다. 아이들도 보기 싫었고 은행 일도 귀찮았다. 어디도 가고 싶지 않았고 누구하고도 이야기하고 싶지 않았다.

12월에 휴가가 주어지자 그는 여행 준비를 했다. 아내에게는 한 청년의 취직 문제 때문에 페테르부르크에 다녀온다고 말하고는 S시로 떠났다. 대체 무슨 일 때문에? 사실은 그 자신도 잘 알지 못했다. 그저 안나를 보고 싶었고, 상황이 된다면 밀회를 나누고 싶었다.

오전에 S시에 도착한 그는 가장 좋은 호텔 방을 빌렸다. 바닥에는 회색 군복 천이 깔려 있고, 탁자에 놓인 잉크스탠드는 먼지가 쌓여 회색빛을 띠고 있었다. 잉크스탠드에 장식된 말 탄 기수의 상(象)은 목이 떨어져 나간 채 모자를 든 손을 치켜들고 있었다. 호텔 수위가 그에게 필요한 정보를 전달해 줬다. 폰 디데리츠는 호텔에서 그리 멀지 않은 스타로-곤차르나야 거리의 자기 저택에서 호화롭게 살고 있으며, 자기 소유의 마차를 가지고 있고, 이 도시에서 그를 모르는 사람은 아무도 없었다. 호텔 수위는 그 사람 이름을 이렇게 발음했다. 드리딜리츠.

구로프는 성급히 행동하지 않고 스타로-곤차르나야 거리로 나가 집을 찾았다. 집 바로 앞에 못질을 한 회색 긴 울타리가 펼쳐져 있었다.

'이런 울타리는 식은 죽 먹기야.' 하고 생각하며 구로프는 울타리와 창문을 번갈아 바라보았다.

그는 여러 가지 생각을 했다. 오늘은 휴일이니 남편이 아마도 집에 있을 것이다. 그리고 생각 없이 집을 방문하는 일은 그녀를 당황하게 만드는 일이니 좋은 방법이 아니다. 메모를 보냈는데 혹시라도 남편 손에 들어가면 모든 일은 허사가 된다. 가장 좋은 방법은 우연히 마주치는 것이다. 그리고 그는 울타리 근처에서 서성대며 우연한 만남을 기다렸다. 그러다가 거지 한 명이 대문 안으로 들어가고 개들이 사납게 덤벼드는 것을 목격했다. 한 시간쯤 지나자 피아노 치는 소리가 작게 들려왔다. 아마도 안나가 치는 것이리라. 그러고는 갑자기 현관문이 열리며 한 노파가 나오고 그 뒤를 따라 낯익은 하얀 스피츠가 달려 나왔다. 구로프는 개를 손짓해 부르고 싶었으나 갑자기 심장이 흥분하는 바람에 그만 개 이름을 기억해 내지 못했다. 계속 얼쩡거리고 있으려니 점차 회색 울타리가 보기 싫어졌다. 게다가 마음마저 초조해져, 어쩌면 안나가 이미 그를 잊고 다른 사람과 재밌게 보내고 있으며, 이런 기분 나쁜 울타리를 아침부터 밤까지 보고 살 수밖에 없는 젊은 여자라면 당연히 그럴 마음을 품고 있으리라는 생각이 들었다. 그는 호텔 방으로 돌아와 어떻게 처신해야 할지 몰라서 오랫동안 소파에 앉아 고민을 하다가 식사를 하고 잠이 들었다.

'이런 바보같이!'

그는 잠에서 깨자 컴컴한 창문을 보며 생각했다. 밤이었다.

'어쩌자고 이렇게 잠이 든 거야? 이 밤중에 대체 뭘하자고?'

병원에서나 구경할 수 있는 회색 싸구려 모포가 덮인 침대에 앉아 그는 스스로에게 화를 내고 있었다.

'이렇게까지 해서 개를 데리고 다니는 여인을 만나겠다니……. 이렇게 해서 과연 만날 수 있을 거라고……. 정말 불쌍하구나.'

그날 아침 기차역에서 〈게이샤〉라는 연극이 처음 상연된다는 매우 큰 글씨로 된 포스터를 보았다. 이 생각이 들자 그는 곧 극장으로 갔다. '그녀는 분명 초연을 보러 올 거야.' 하고 그는 생각했다.

극장은 초만원이었다. 지방 극장답게 샹들리에 위로 담배 연기가 가득 찼고 2층 객석은 시끄러웠다. 공연 시작 전 멋쟁이들은 첫 번째 열에 뒷짐을 지고 서 있었다. 현 지사의 지정 박스 앞자리에는 지사의 딸이 모피 목도리를 두르고 앉아 있고, 지사 자신은 두꺼운 커튼 뒤에 얌전히 앉아 있어 손밖에 보이지 않았다. 막이 흔들리고 오케스트라는 오랫동안 조율을 했다. 관객들이 들어와 자리를 찾는 동안 구로프는 열심히 주위를 둘러보았다.

그때 한 여자가 객석에 들어왔다. 안나였다. 그녀는 세 번째 열에 앉았다. 순간 구로프의 심장은 터질 듯했다. 그리고 지금 이 순간, 그녀보다 더 가깝고 소중한 사람은 없다는 생각이 들었다. 시골 사람들 속에 묻혀 있는 조그만 여인, 손잡이가 달린 평범한 오페라글라스를 손에 들고 있는, 전혀 돋보이지 않는 그녀가 지금 그의 삶을 가득 채우고 있고, 이는 또한 그의 슬픔이고 기쁨이며, 이 순간 그 자신이 원하는 하나밖에 없는 행복이었다. 보잘것없는 오케스트라와 이류 바이올린 주자가 연주하는 소리 속에서 그는 그녀가 얼마나 아름다운지 기억해 냈다.

한 젊은 남자가 안나와 함께 들어와 나란히 앉았다. 짧은 구레나룻을 한 매우 키가 크고 등이 굽은 남자였다. 그는 발걸음을 뗄 때마다 줄곧 절이라도 하는 것처럼 고개를 끄덕였다. 그녀가 얄타에서 흥분해서 말한, 마치 노예 같다던 남편이 분명했다. 실제로 남자의 긴 얼굴과 구레나룻, 조금 벗겨진 이마에는 노예와 같은 비굴함이 보여 구로프는 의미심장한 미소를 지었다. 게다가 남자의 단춧구멍에는 학위 배치와도 같은 것이 웨이터의 번호표처럼 빛나고 있었다.

첫 번째 휴식 시간, 남편이 담배를 피우러 나가자 그녀는 홀로 남게 되었다. 같은 아래층에 자리 잡았던 구로프가 그녀에게 다가가 어색하게 미소를 지으며 떨리는 목소리로 말했다.

"잘 지냈어?"

그를 본 그녀의 얼굴이 창백해졌다. 다시 한 번, 제 눈을 믿지 못하겠다는 듯 두려움에 떨며 쳐다보았다. 그리고 기절이라도 할까 두려운지 부채와 오페라글라스를 꽉 쥐었다. 두 사람 모두 침묵했다. 그녀는 앉아 있었고, 그는 서 있었다. 당황한 그녀의 모습에 놀란 그가 미처 옆자리에 앉을 생각을 하지 못했던 것이다. 바이올린과 플루트가 조율을 하기 시작했다. 모든 사람들이 자신을 보고 있다는 생각에 흠칫 놀랐다. 바로 그때였다. 벌떡 일어선 그녀가 출구 쪽으로 빠르게 걸어 나갔다. 그는 재빨리 그녀의 뒤를 쫓았다. 두 사람은 쓸데없이 복도와 계단을 오르락내리락했다. 그들의 눈앞으로 법관 복장을 한 사람들과 교사 복장을 한 사람들 그리고 공무원 복장을 한 사람들이 지나갔다. 그들은 모두 가슴에 배지를 달고 있었다. 그리고 여인들과 걸어 놓은 모피 외투들을 지나쳤다. 밖에서 들어온 바람에 담배 냄새가 실려 있었다. 떨리는 심장을 느끼며 구로프는 생각했다.

'오, 하느님! 이 사람들, 이 오케스트라는 대체 왜……'

그 순간 갑자기, 그날 저녁 역에서 안나를 배웅했을 때, 그녀가 '모든 것이 끝났다, 우리는 다시 만나서는 안 된다.' 하고 자신에게 했던 말을 기억해 냈다. 하지만 아직 끝내려면 더 있어야 한다! '측면 좌석 입구'라고 쓰인 비좁고 어두운 계단에서 그녀가 멈췄다.

"당신 때문에 얼마나 놀랐는지 아세요!"

여전히 창백한, 그리고 당황스러운 얼굴로 그녀가 힘겹게 숨을 내쉬며 말했다.

"오, 당신 때문에 정말 놀랐어요! 죽는 줄 알았다고요! 대체 왜 이곳에 오셨지요? 왜?"

"내 맘을 좀 이해해 주시오. 안나, 이해해 줘요……."

그는 낮은 목소리로 재빠르게 말했다.

"제발 이해해 주시오……."

그녀는 그런 그를 두려움과 애원과 사랑이 뒤섞인 시선으로 바라보았다. 그의 모습을 더 확실히 기억하려는 듯 뚫어지게 바라보았다.

"저는 괴로워요!"

그녀는 그의 말은 듣지 않은 채 계속 말했다.

"저는 언제나 당신 생각만 했어요. 당신 생각으로 살았다고요. 하지만 잊으려 했는데, 도대체 왜 다시 나타나셨나요?"

위쪽 층계에서 두 명의 학생이 담배를 피우며 아래를 내려다보고 있었다. 하지만 구로프는 신경 쓰지 않은 채 안나를 끌어안고서는 그녀의 얼굴과 볼 그리고 손에 입을 맞추기 시작했다.

"아, 이러지 마세요. 이러지 마세요!"

두려움에 휩싸인 그녀가 그를 밀쳐 냈다.

"우리 두 사람 모두 미쳤어요. 오늘 당장 이곳을 떠나세요. 지금 당장 떠나요……. 당신께 간곡히 부탁드리는 거예요, 간절히……. 아, 사람들이 오고 있어요!"

계단 아래서 누군가 올라왔다.

"떠나셔야 해요……."

안나가 작은 소리로 말했다.

"아시겠어요? 드미트리! 제가 모스크바로 당신을 찾아갈게요. 저는 행복했던 적이 없어요. 물론 지금도 불행하지요. 그리고 앞으로도 행복하지 못할 거예요. 정말로요! 더 이상 저를 괴롭히지 말아 주세요! 약속할게요. 제가 모스크바로 갈게요. 그러니 지금은 헤어져야 해요! 사랑스럽고 소중한 그대지만 지금은 헤어져요!"

그녀는 손을 놓고 빠르게 계단을 내려갔다. 몇 번씩 뒤를 돌아보는 그녀의 눈동자를 보며 그는 정말로 그녀가 행복하지 않다는 것을 느낄 수 있었다.

구로프는 잠시 서 있었다. 그리고 주위가 조용해진 뒤 자신의 외투를 가지고 극장을 나왔다.

4

안나 세르게예브나는 모스크바로 그를 찾아왔다. 두세 달에
한 번씩 그녀는 남편에게 자신의 부인병을 핑계로 대학 병원에
가야 한다며 S시를 떠났다. 남편은 반신반의했다. 모스크바에 도
착하면 '슬랴뱐스키 바자르' 호텔에 묵으며 빨간 모자를 쓴 사람
을 곧장 구로프에게 보냈다. 그리고 구로프가 그녀를 만나기 위
해 찾아왔다. 모스크바에서 이 일을 알고 있는 사람은 아무도 없
었다.

어느 겨울 아침, 그는 그녀에게 가고 있었다. (심부름꾼이 전
날 저녁에 왔으나 그때 그는 없었다.) 도중에는 딸을 학교에 바
래다주었다. 습기를 머금은 눈이 펑펑 쏟아지고 있었다.

"기온이 3도인데도 눈이 내리는구나."

구로프가 딸에게 말했다.

"하지만 따뜻한 것은 땅의 표면이지, 대기 상층 기온은 전혀
다르단다."

"아빠, 그럼 왜 겨울에는 천둥이 치지 않아요?"

그것도 설명해 주었다. 그는 딸에게 말을 하면서도 다른 생각
을 했다. 지금 그녀를 만나러 가지만 이 사실을 알고 있는 사람

은 아무도 없었다. 어쩌면 앞으로도 알지 못할 것이다. 자신에게는 두 모습의 생활이 있는 셈이었다. 한 생활은 누구든 원하면 볼 수 있는 공개된 생활이지만 사실은 상대적 진실과 상대적 거짓으로 가득 찬, 주위 사람들과 별반 다를 것 없는 삶이었다. 다른 하나는 은밀한 생활이었다. 우연히 이상하게 얽힌 어떤 사정에 의한, 그에게 소중하면서도 반드시 존재해야 하는 것, 그곳에 서라면 그가 진실하고 또 자신을 속이지 않아도 되는, 그의 생활의 핵심을 차지하는 그런 모든 것을 다른 사람들이 알 방법이 없었다. 하지만 진실을 숨기기 위해 자신을 감추는 그의 가식과 껍데기, 이를테면 은행에서의 일, 클럽에서의 토론, 그의 '저급한 종자'인 아내와 함께하는 파티 등 이런 모든 것은 공개되어 있었다. 그래서 그는 언제나 자신의 생활처럼 남들을 판단했다. 즉 눈에 보이는 것을 믿지 않았고, 누구나 밤의 장막 같은 비밀 아래서 자신만의 은밀한 생활을 하고 있다고 믿게 되었다. 각자 개인의 생활은 비밀 속에서 유지되며, 아마도 부분적으로는 그런 이유 때문에 교양 있는 사람들이 그토록 예민하게 사생활의 비밀을 강조하는지도 모른다.

딸을 학교까지 데려다 준 구로프는 슬라뱐스키 바자르로 발길을 돌렸다. 그는 아래층에서 털외투를 벗고 위층으로 올라가 조용히 문을 노크했다. 그가 좋아하는 회색 옷을 입은 안나는 여행과 걱정에 지친 채, 어제 저녁부터 그가 오기만을 기다리고 있었다. 얼굴이 하얗게 질린 그녀는 그를 보자마자 미소 대신 곧장 그의 품으로 파고들었다. 2년이나 못 만난 것처럼 그들의 키스는 오랫동안 이어졌다.

"어떻게 지냈어?"

그가 물었다.

"별일은 없지?"

"잠깐만요, 이야기할게요……. 잠시만요."

그녀는 우느라 제대로 말도 꺼내지 못했다. 그러고는 몸을 돌려 손수건으로 눈물을 닦았다.

'울게 내버려 둬야겠다, 앉아서 기다리면 되니까.'

그렇게 생각하고 그는 안락의자에 몸을 기댔다.

잠시 후 그는 벨을 눌러 차를 시켰다. 그가 차를 마시는 동안, 그녀는 창문을 향해 서 있었다. 그녀는 자신들의 생활이 서글프다는 생각에 울었던 것이다. 그 둘은 마치 도둑처럼 사람들의 눈을 피해 몰래 만나야 했다. 어찌 그들의 생활이 정상적이라고 말할 수 있겠는가?

"이제 그만 그치지!"

그가 말했다. 그들의 이 사랑이 쉽게 종지부를 찍지 못할 것이란 것을 그는 잘 알고 있었다. 물론 그 끝도 언제인지 알 수 없었다. 안나가 그에게 더 큰 애정을 쏟아부으며 사랑했기에, 그녀에게는 이 모든 것이 언젠가는 끝날 것이라는 말조차 꺼내기가 두려웠다. 설령 그렇게 말한다고 해도 그녀는 믿지 않을 것이 분명했다.

그는 그녀의 기분을 바꿔 줄 생각으로 그녀의 어깨에 가볍게 손을 올렸다. 그리고 거울에 비친 자신의 모습을 보았다.

머리가 하얗게 세기 시작했다. 최근 들어 더 나이가 들어 보였지만 이렇게 추하게 느껴지긴 처음이었다. 낯설었다. 손을 얹어 놓은 그녀의 따뜻한 어깨가 희미하게 떨고 있었다. 아직 그녀는 이렇게 따뜻하고 아름답지만 언젠가는 그녀 또한 자신의 모습처럼 시들 것이 분명했기에 그는 여인에게 연민을 느꼈다. 도대체 그녀는 왜 그를 이토록 사랑하는가? 그는 여자들에게 본래의 모습을 보이지 않았다. 그리고 여자들은 있는 그대로의 그를 사랑하는 것이 아니라 자신들이 상상한, 평생 자신들이 꿈꿔 온 상대를 그로 착각해 사랑했다. 그런데 여인들은 그런 자신들의 실수를 알아차리고도 여전히 그를 사랑했다. 게다가 여인들 모두가 그로 인해 행복하지 않았다. 흘러가는 시간 속에서 그는 많은 여자들과 사귀며 헤어졌지만, 단 한 번도 사랑을 느낀 적은 없었다. 다른 것은 몰라도 사랑은 없었다.

그런데 지금, 이제 머리가 세기 시작한 지금, 그가 진심으로 사랑을 느끼고 있었다. 태어나 처음이었다.

안나와 그는 무척 가깝고 친밀한 사람처럼, 남편과 아내처럼, 마음이 통하는 친구처럼 서로를 사랑했다. 그들은 서로가 서로를 운명이 맺어 준 인연이라 믿었다. 그는 왜 결혼을 했으며, 그녀 또한 결혼한 이유를 알 수 없었다. 마치 두 마리의 암수 철새가 잡혀, 각기 다른 새장에서 살고 있는 것 같았다. 그들은 과거 부끄러웠던 일들과 현재 일어나는 일들을 서로 용서했다. 그리고 이 사랑으로 인해 자신들이 변했음을 알아차렸다.

예전에 그는 슬픔을 느낄 때면 머리에 떠오르는 갖은 논리로 자신을 위로하려고 애썼다. 하지만 이제는 논리를 따지지 않고 깊이 공감했다. 진실 되고 솔직하고 싶었다…….

"그만 울어, 사랑해."

그가 말했다.

"이제 그만 됐어요……. 이제 이야기 좀 해요, 뭐든 생각해 봅시다."

그들은 남의 눈을 속여야 하며 서로 다른 도시에서 살지만 자주 만날 수 있는 방법에 대해 오랫동안 이야기하고 또 이야기했다. 어떻게 하면 이 견딜 수 없는 굴레에서 벗어날 수 있을까?

"어떻게 하면? 어떻게 하면?"

그는 머리를 움켜쥐고 물었다.

"아, 어떻게 하면?"

조금만 더 기다리면 해결책은 찾을 수 있을 것이고, 그때는 새롭고 멋진 생활을 할 수 있을 것이라 생각했다. 하지만 그 끝이 아직은 멀고도 멀어, 이제야 겨우 아주 복잡하고 어려운 일이 시작되었다는 것을 두 사람은 잘 알고 있었다.

6호 병동

1

병원 마당에는 크지 않은 별채가 있다. 우엉과 엉겅퀴와 야생 대마가 무성한 수풀이 별채를 에워싸고 있다. 별채 지붕은 녹이 슬어 적갈색이고 굴뚝의 반은 주저앉았다. 입구 계단은 썩어 잡초로 뒤덮여 있고, 벽에 바른 석회는 흔적만이 남았다. 별채 앞면은 병원과 마주 보고 있는데, 뒷면은 벌판을 향해 있다. 별채와 벌판 사이에는 못이 박힌 회색 울타리가 쳐져 있다. 날카로운 끝이 위를 향하고 있는 못들과 울타리와 별채 자체의 불길하면서도 음침한 외관은 이 나라 병원과 감옥 건물에서만 볼 수 있는 것이다.

만약 당신이 엉겅퀴에 찔리는 것을 두려워하지 않는다면, 함께 좁은 오솔길을 걸어 별채 안으로 들어간 다음 그 안에서 벌어지는 일을 관찰해 보자. 첫 번째 문을 열면 우리는 현관에 들어서게 된다. 이곳의 벽과 페치카 옆에는 병원의 각종 쓰레기가 산더미처럼 쌓여 있다. 매트리스, 파란 줄무늬가 그려진 낡고 찢어진 환자복, 닳아서 해진 신발들, 이 모든 누더기들이 구겨지고 엉긴 채 산더미처럼 쌓이고 썩어서 질식이라도 할 듯한 악취를 풍기고 있다.

이 허섭스레기 위에 언제나 문지기 니키타가 입에 파이프를 물고 누워 있다. 니키타는 색 바랜 견장을 달고 있는 늙은 퇴역 군인이다. 험상궂은 얼굴과 양치기처럼 보이는 처진 눈썹, 붉은 코를 가지고 있다. 그리고 중키에 비쩍 마른 데다가 힘줄은 불거져 있고, 태도는 매우 강압적이며 주먹은 단단했다. 그는 세상 무엇보다도 질서를 사랑해서 '그들'은 무조건 맞아야만 한다고 확신하는, 그런 단순하면서도 미련한 부류 중 한 사람이다. 그는 얼굴, 가슴, 등을 닥치는 대로 팼다. 그렇지 않으면 질서가 유지되지 않는다고 믿고 있었다.

당신은 조금 더 걸어가면, 현관을 뺀 별채 전체를 차지하는 크고 넓은 방으로 들어가게 된다. 이곳 벽에는 지저분한 파란색 페인트가 아무렇게나 칠해져 있고, 천장은 굴뚝 없는 농가처럼 그을음투성이다. 겨울이면 분명 페치카 연기로 자욱해질 것이다. 창문은 모두가 안쪽 쇠창살이 보기 흉하게 설치되어 있다. 바닥은 회색이고 여기저기 갈라져 있다. 소금에 절인 양배추가 있고 램프 심지 그을음이 보인다. 게다가 빈대와 암모니아 악취 때문에 방에 들어서는 순간 당신은 마치 동물 우리에 들어간 듯한 착각이 들 것이다.

방 안에는 바닥에 고정된 침대들이 있다. 침대 위에는 파란 환자복을 입고 구식 나이트캡을 쓴 사람들이 앉아 있거나 누워 있다. 이들은 정신병자들이다.

이곳에는 모두 다섯 명이 있다. 한 사람만 귀족 신분이고, 나머지는 모두 평민이다. 문에서 가장 가까운 곳에 있는 첫 번째 사람은 번들거리는 붉은 콧수염에, 울어서 눈이 퉁퉁 부은, 키가 크고 마른 사람으로 턱을 괴고 앉아 한곳만 바라보고 있다. 그는 밤이건 낮이건 애처로운 모습으로 고개를 젓거나 혹은 한숨을 내쉬며 쓸쓸한 미소를 짓는다. 누군가의 대화에 끼어드는 일이 거의 없고, 무엇을 물어도 쉽게 대답하지 않는다. 단지 기계적으로 먹고 마실 뿐이다. 고통스럽게도 발작적으로 터져 나오는 기침이나 홍조를 띤 수척한 뺨으로 보아 그는 폐병 초기다.

그다음에는 흑인처럼 꼬불꼬불한 머리와 뾰족한 턱수염을 가진 노인이 있다. 노인은, 몸집이 작고 생기가 있으며 매우 민첩하다. 낮이면 병동 안 모든 창문 옆을 걸어 다니거나, 그도 아니면 자신의 침대에 터키식으로 다리를 모으고 앉아 피리새처럼 소란스럽게 휘파람을 분다. 때론 작은 목소리로 노래를 부르거나 낄낄 웃기도 한다. 어린애 같은 명랑하고 쾌활한 성격은 밤에도 이어지는데, 신께 기도를 드리기 위해 일어나서는 돌연 주먹으로 자기 가슴을 치거나 손가락으로 열쇠 구멍을 쑤시기도 한다. 이 유대인 모이세이카는 20년 전 그의 모자 만드는 작업장이 불타 버린 이후로 미친 백치가 되었다.

6호 병동 거주자 가운데 그에게만 유일하게 별채 밖과 심지어는 병원 밖 거리로도 나가는 것이 허락되었다. 그는 오래전부터 그와 같은 특권을 누렸는데 이유는 그가 병원에서 가장 오래된 환자이고 또 말썽을 피우지 않는 착한 바보였기 때문이다. 또한 마을 사람들 역시 오래전부터 거리의 꼬마들과 개에 둘러싸인 도시의 어릿광대인 그를 익숙하게 봐 온 것도 이유 중에 하나다. 그는 긴 환자복을 입은 채 우스꽝스러운 나이트캡을 쓰고 슬리퍼를 끌며 돌아다녔다. 하지만 가끔은 맨발에 바지도 입지 않은 채 거리를 돌아다니며 대문과 상점 앞에서 동전을 구걸했다. 어떤 곳에서는 크바스(러시아 전통 음료_옮긴이)를 얻고, 또 어떤 곳에서는 빵과 동전을 얻었으며 언제나처럼 배가 불러 기분이 좋아져 돌아오곤 했다. 하지만 그가 가져온 모든 것은 니키타가 압수했다. 이 군인은 하느님이 모든 것을 내려다보고 계신다 말하면서도 환자의 주머니를 마음대로 뒤지며 불같이 화를 냈다. 그러면서 다시는 유대인을 거리로 내보내지 않을 것이며 자신은 무질서를 세상에서 가장 혐오한다는 말을 지껄여 댔다.

모이세이카는 다른 사람들에게 도움을 주는 것을 좋아했다. 그는 같은 환자들에게 물을 가져다주기도 했고, 잠이 든 동료에게 담요를 덮어 주기도 했다. 또 거리에서 얻은 1코페이카(러시아의 화폐 단위_옮긴이)씩을 모두에게 나눠 주기도 했고, 새로운 모자를 만들어 준다는 약속도 했다. 그리고 왼쪽 옆에 있는, 중풍으로 몸을 쓸 수 없는 동료의 숟가락질을 도와주기도 했다. 그가 이런 일을 하는 이유는 착한 마음씨를 가졌거나 혹은 박애 정신 때문이 아니고 오른쪽에 있는 동료 그로모프를 흉내 내다가 자신도 모르게 닮아 버렸기 때문이다.

이반 드미트리치 그로모프는 법원의 집행관과 관청의 서기를 지낸 서른세 살의 귀족 출신 사내로 피해망상에 시달리고 있다.

그는 몸을 움츠린 채 침대에 누워 있거나, 산책이라도 하듯 구석구석을 걸어 다니지만 앉는 것은 좋아하지 않는다. 알 수 없는 막연한 기다림 속에서 언제나처럼 신경이 곤두선 긴장된 모습이다. 현관에서 나는 작은 소리나 마당에서 들리는 고함 소리에도 그는 고개를 들고 귀를 기울인다. 자신을 부르러 오는 소리가 아닐까, 자신을 찾고 있지는 않을까 하고. 그럴 때 그의 얼굴은 극도로 긴장한 표정이 역력하다.

나는 계속되는 투쟁과 공포에 지쳐 있는, 그래서 그 영혼을 거울처럼 투영하는, 언제나처럼 창백하고 불행한, 그의 광대뼈가 튀어나온 넙대대한 얼굴을 좋아한다. 찌푸린 그의 얼굴은 이상스럽고 병적이지만, 진지한 고민이 깃든 섬세한 모습은 지적이며, 눈에서는 따스하면서도 건강한 빛이 흐른다. 나는 또한 니키타를 제외한 그 누구에게나 겸손하면서도 친절한 태도를 보이는 겸손한 그를 좋아한다. 누가 단추나 숟가락을 떨어뜨리기라도 하면, 그는 재빨리 침대에서 일어나 주워 준다. 그는 잠이 깨면 동료 환자들과 아침 인사를 하고, 잠자리에 들 때는 잘 자라는 인사를 한다.

계속되는 긴장과 찌푸린 얼굴 외에도, 그의 광기는 이런 형태로 나타나기도 한다. 이따금 저녁이 되면 환자복을 단단히 챙겨

입고, 온몸과 이빨을 덜덜거리며 침대 사이 구석구석을 빠르게 돌아다니기 시작한다. 마치 심한 열병에라도 걸린 듯 말이다. 그러다가 갑자기 멈춰 서서 동료들을 바라본다. 하지만 그들이 자신의 말을 들어 주지도, 또 이해하지도 못할 것이라 짐작하고는 또다시 황급히 머리를 흔들며 걷기 시작한다. 그러다가 이내 말하고 싶은 욕망이 그 어떤 판단보다 빨리 떠올라 마음 내키는 대로 열정적으로 떠들기 시작한다. 거의 모든 이야기는 헛소리처럼 무질서하고 돌발적이어서 전혀 이해가 되지 않지만, 그 이야기 속 낱말들과 목소리에는 대단히 고결한 그 무엇인가가 담겨 있다.

그가 말할 때 당신은 그 안의 미치광이와 정상적인 인간이 공존한다는 사실을 눈치챌 것이다. 그의 열광적인 연설을 제대로 적긴 어렵다. 그가 말하는 인간의 비겁함, 정의를 빼앗는 폭력, 그리고 지상에 곧 도래할 아름다운 삶, 폭력을 사용하는 자의 어리석음 등을 시시각각 상기시키는 창문의 쇠창살 등에 관한 것이다. 오래되었지만, 아직은 못다 부른, 노래의 무질서와 사리에 맞지 않는 접속곡은 이렇게 이어진다.

2

12년에서 15년 전, 가장 화려하면서도 번화한 도시 한 거리에 부유하고 평판이 좋은 그로모프라는 관리가 살고 있었다. 그에게는 두 명의 아들인 세르게이와 이반이 있었다. 대학교 4학년이 된 세르게이는 급성 결핵에 걸려서 세상을 떠났고, 이 죽음은 그로모프 가족에게 별안간 들이닥친 불행의 시작이 되었다. 세르게이의 장례식이 지난 일주일 뒤, 늙은 아버지는 문서 위조와 공금 횡령 혐의로 법정에 섰다. 하지만 곧 티푸스에 걸려 구치소 병원에서 생을 마쳤다. 집과 모든 재산은 경매에 붙여졌고, 이반 드미트리치는 어머니와 함께 거지 신세가 되고 말았다.

아버지가 살아 있을 당시 이반 드미트리치는 페테르부르크의 대학에서 공부를 하고 있었는데, 집에서 다달이 보내오는 60에서 70루블의 돈으로 풍족하게 지냈다. 하지만 이제 그의 생활은 완전히 변했다. 그는 아침부터 저녁까지 싸구려 가정교사로 일을 하며 문서 정리를 했지만, 번 돈 모두를 어머니에게 보내느라 굶주림에 시달려야 했다. 이반 드미트리치는 견디기 힘들 정도로 하루하루가 고달팠다. 그는 의기소침해졌고 건강도 안 좋아져 대학을 그만두고 집으로 돌아왔다. 이곳 도시에서 아는 사람의 소개로 지방 학교 교사직을 얻었지만, 동료들과도 잘 어울리지 못했고 학생들도 그를 따르지 않아 곧 그만두었다. 어머니도 세상을 떠났다. 그는 반년 가까이 직장을 얻지 못해 빵과 물로만 하루하루를 연명하다가 어렵게 법원 집행관으로 들어갔다. 그는 이 일을 병으로 해고당할 때까지 했다.

그는 건강한 인상이 아니었다. 젊었던 대학 시절에도 마찬가지였다. 그의 마른 얼굴은 언제나 창백했으며 감기에 자주 걸렸고 잘 먹지도 쉽게 잠들지도 못했다. 포도주 한 잔만 마셔도 그는 두통을 느꼈으며 점점 히스테릭해졌다. 사람들과도 가깝게 어울리고 싶었지만 쉽게 흥분하는 성격과 더불어 사람들에 대한 의심이 많았기에 그 누구도 쉽게 가까이 지내지 못했고 친구도 없었다. 그는 도시에 사는 주민들을 언제나 경멸했고, 그들의 형편없는 무지와 게으르고 야만적인 생활을 몹시 혐오한다고 말했다. 그는 높고 큰 목소리로 흥분하여 화를 냈으며 때론 환희에 젖어 진지하면서도 열정적으로 이야기했다. 그와 함께 이야기를 나누면 늘 한 가지 결론에 도달했다. 이 도시에 사는 일은 답답하고 따분한 일이며 이 사회에는 고결한 관심이 없고 무의미한 생활만 지속될 뿐이다. 또한 폭력과 난잡한 방탕과 위선만이 가득하다. 비열한 자들은 비싼 옷을 입고 배가 부르지만, 정직한 사람들은 빵 조각으로만 살고 있다. 학교가 필요하며, 정직한 기사를 쓰는 지방 신문과 극장과 대중 강연과 배운 사람들의 연대가 필요하다는 말도 했다. 그는 이 사회로 하여금 자신의 모습을 깨닫고 두려움을 느끼게 할 필요가 있다고 했다. 사람들이 그를 판단했을 때, 그는 백과 흑, 이 두 가지 색으로만 나눠 칠할 뿐 그 어떤 중간색도 인정하지 않았다. 인류는 정직한 부류와 비열한 부류로 나뉠 뿐 그 중간이란 없다는 말이다. 그는 여자와 사랑에 관한 주제가 나오면 언제나처럼 들떠 열정적으로 말하지만, 아직 한 번도 사랑에 빠진 적은 없다.

이런 신경질적인 생각과 행동에도 불구하고 그는 도시 속 주민들에게 사랑과 호감을 받아, 사람들은 그가 없을 때도 다정하게 바냐라고 불렀다. 그의 타고난 겸손과 친절, 근면함, 순수한 마음, 낡고 헤진 프록코트, 아픈 모습, 가정의 불행 등이 친근하고 따뜻하며 애달픈 감정을 불러일으켰다. 게다가 그는 훌륭한 교육을 받았고, 책도 많이 읽었다. 도시 사람들은 그가 박학다식하다고 생각했으며, 그는 곧 걸어 다니는 백과사전이었다.

그는 수많은 책을 읽었다. 클럽에서도 꼼짝 않고 앉아 신경질적으로 턱수염을 잡아당기며 책이나 잡지의 페이지를 넘기는 모습을 자주 볼 수 있었다. 얼굴 표정으로 보면, 그는 책을 읽고 있는 것이 아니라 통째로 완전히 씹어 삼키고 있는 것 같았다. 그는 무척이나 게걸스럽게 해가 지난 신문들과 캘린더까지 그러모아 집중해 읽었다. 어찌되었거나 독서는 그의 병적인 습관 중에 하나라고 칠 수밖에 없었다. 집에서 책을 읽을 때 그는 늘 누워 있었다.

3

어느 가을 아침, 외투 깃을 세운 이반 드미트리치가 건물 뒤쪽으로 난 질퍽한 골목길을 걷고 있었다. 법원의 명령서를 가지고 벌금을 받기 위해 상인을 찾아가는 중이었다. 아침이면 늘 그렇듯 그의 기분은 좋지 않았다. 한 골목에서, 그는 족쇄를 찬 두 명의 죄수와 소총을 들고 그들을 호송하는 네 명의 군인과 마주쳤다. 그전에도 자주 이반 드미트리치는 죄수들과 마주쳤는데, 그때마다 동정심과 함께 불쾌한 감정을 느꼈다. 그런데 이번 마주침은 전혀 다른 이상한 기분이 들게 했다. 어떤 이유에서인지 별안간 그 자신도 족쇄를 차고 그들처럼 진흙 길을 걸어 감옥에 갈지도 모른다는 생각이 들었다.

상인의 집을 나온 뒤 집으로 돌아오는 길에 그는 우체국 근처에서 안면이 있는 경찰서장을 만났다. 경찰서장은 그를 아는 체했고 그들은 함께 거리를 몇 발짝 걸었는데 이 일이 매우 신경에 거슬렸다. 집에서 보낸 그날 하루 종일, 그의 머릿속에는 죄수들과 총을 든 군인들의 모습이 지워지지 않았다. 마음이 불안해 책도 읽기 버거웠다. 물론 정신도 집중할 수 없었다.

저녁이 되어 집에 왔지만 불도 켜지 않은 어둠 속에서 눈을 껌벅이며 줄곧 자신이 체포되어 족쇄를 차고 감옥에 끌려갈지도 모른다는 생각만 했다. 그는 사소한 죄도 지지 않았고, 또 앞으로도 살인 혹은 방화나 도둑질도 하지 않겠지만, 앞날은 아무도 모르기에 범죄에 휘말리지 않으리란 법은 없으며, 무고한 중상이나 재판의 오류 등이 있지 말라는 법도 없었다. 오죽하면 옛말에, 비렁뱅이와 감옥살이는 장담하지 말라는 말이 있겠는가. 더군다나 현재의 소송 절차에는 재판의 오류가 얼마든지 가능했고, 또 그것은 그리 놀랄 만한 일도 아니었다. 다른 사람들의 고통을 다루는 업무에 종사하는 사람들, 예를 들면 판사, 경찰관, 의사 같은 사람들은 시간이 흐르면 흐를수록 타성에 젖어, 그렇게 하지 않으려 해도 점차 자신을 찾아오는 사람들을 형식적으로 대하게 된다. 이렇게 보면, 그들은 뒷마당에서 양이나 송아지를 잡으면서 피가 튀어도 무감각한 잡부들과 다를 것이 없다. 개인을 대하는 비정하고 형식적인 태도 때문에, 죄 없는 사람에게서 모든 권리를 앗아가고 징역형을 선고하는 데 판사에게 필요한 것은 오직 하나, 시간뿐이다. 매우 형식적인 일과로 하루를 보내는 것으로 판사는 월급을 받고, 그러고 나면 모든 일은 끝난다. 그 후에, 철도에서 200베르스타(미터법 시행 이전 러시아의 거리 단위. 1베르스타는 1.067킬로미터이므로 200베르스타는 약 213킬로미터_옮긴이)나 떨어진 이 작고 보잘것없는 도시에서 정의를 찾고 보호하겠다고 한들 무슨 방법이 있겠는가! 온갖 폭력이 이 사회에 없어서는 안될 합리적이고 정당한 필연으로 받아들여지고, 무죄 판결과 같이 자비로운 모든 행동에는 불만과 복수의 감정이 끊이지 않는 현실 속에서 정의를 생각하는 것은 우습지 않은가?

다음 날 아침, 이반 드미트리치는 엄습한 두려움에 떨며 침대에서 일어났다. 그의 이마에서 식은땀이 흘렀다. 이제 그는 자신 또한 언젠가 체포될 것이라 확신하고 있었다. '어제의 좋지 않은 생각이 이렇게 오랫동안 나를 붙잡고 있는 것을 보면…….' 하고 그는 생각했다. '그것이 곧 어느 정도 사실이기 때문이다. 사실 아무 이유 없이 그런 생각이 떠오를 리 없지 않은가?'

경찰관이 천천히 창문 옆으로 지나갔다. '보통 일이 아니다. 두 명이 집 근처를 돌아다니고 있다. 도대체 왜 아무 말 없이 돌아다니는 것일까?'

이제 이반 드미트리치는 밤낮으로 고통스러워했다. 창문 옆을 지나친다거나 마당 안으로 들어오는 모든 사람들이 형사나 탐정으로 여겨졌다. 보통 정오 무렵에 경찰서장은 말 두 필이 끄는 사륜마차를 타고 거리를 지나간다. 교외에 있는 자신의 소유지에서 경찰서로 가는 것이다. 하지만 이반 드미트리치는 그때마다, 경찰서장이 몹시 긴박한 표정으로 서둘러 말을 몰고 있다고 여겼다. '아마도 도시에 매우 중요한 범죄자가 나타나 황급히 가고 있는 모양이군.' 이반 드미트리치는 초인종이 울리거나 문을 두드리는 소리가 나면 소스라치게 놀랐고, 주인집에서 낯선 사람을 만나면 두려움에 몸을 움츠렸다. 길거리에서 경찰관이나 헌병을 만나면 아무렇지도 않은 듯 미소를 지으며 휘파람을 불었다. 그는 체포될까 봐 두려워 잠시도 눈을 붙이지 못했다. 하지만 집주인에게는 잠이 든 것처럼 보이기 위해 큰 소리로 코를 고는 시늉을 했다. '잠을 못 이룬다는 것은 양심의 가책으로 괴로워한다는 뜻이고, 그것만으로도 단서가 된다!' 진실과 함께 더해진 건전한 논리는 이런 공포는 터무니없는 정신이상이며, 체포니 감옥이니 하는 것도 조금 더 생각하고 바라보면 아무것도 양심에 걸릴 것이 없기 때문에 전혀 두려워할 일이 아니라고 자신을 설득했지만, 이성적이며 논리적인 생각마저 아무 도움을 주지 못했다. 이는 마치 어떤 은둔자가 원시림 속에서 자신이 지낼 공간을 만들기 위해 나무를 베었지만 도끼질을 하면 할수록 숲은 더욱 울창해지는 것과 다를 것이 없었다. 이반 드미트리치는 더는 방법이 없다는 사실을 깨닫고 논리적인 사고를 아예 던져 버리고 절망과 공포에 빠져들었다.

그는 사람들을 피하기 시작했다. 오래전부터 싫어했던 직장도 이제는 큰 짐이 되었다. 어쩌면 사람들이 속임수를 써서 그의 주머니에 아무도 모르게 뇌물을 찔러 넣고 나중에 고발하지나 않을까, 그것도 아니면 자신이 공문서를 작성하다가 실수로 문서를 위조하여 내몰릴 위기에 처하지는 않을까, 그것도 아니면 다른 사람의 돈을 잃어버리지는 않을까 하는 생각에 두려워졌다. 이상한 일이었다. 한 번도 그의 생각이 지금처럼 활달하고 창의적이었던 적이 없었기 때문이다. 그는 하루도 빠짐없이 자신의 자유와 명예를 심각하게 훼손할 수 있는 수천 가지의 다양한 사건을 생각해 냈다. 하지만 외부 세계에 대한 관심은 뚝 떨어졌는데, 특히 책에 대한 관심은 현저하게 사라졌고 기억력도 크게 쇠

퇴했다.

　봄이 되었다. 그리고 눈이 녹으며 공동묘지 근처 협곡에서 반은 부패한 두 구의 시체가 발견되었다. 노파와 소년, 두 시체는 타살의 흔적이 보였다. 도시는 온통 두 구의 시체와 풀리지 않은 살인자에 대한 이야기로 떠들썩했다. 이반 드미트리치는 자신이 살인자로 몰리지 않을까 두려워서 밖으로 나오면 애써 미소를 지으며 걸어 다녔고, 아는 사람을 만나면 얼굴색을 수시로 바꾸며 힘없고 연약한 사람을 체포하는 것처럼 비열한 범죄는 없다고 떠들어 댔다. 하지만 이런 가식적인 행동과 말에 그는 곧 스스로 항복했고, 여러 가지 궁리 끝에 가장 좋은 방법을 찾아냈는데 그 방법은 주인집 지하실에 숨는 것이었다. 지하실에 숨어 낮을 보내고, 다시 이어지는 밤과 다음 날 낮도 그렇게 보냈다. 하지만 오한이 심하게 들어, 날이 어두워지자 몰래 자신의 방에 도둑처럼 들어갔다. 새벽이 될 때까지 그는 자신의 방에 서서 미동도 하지 않은 채 귀를 기울였다. 아침 일찍 해가 뜨기도 전에 페치카 고치는 사람들이 주인집에 왔다. 이반 드미트리치는 그들이 부엌 페치카를 고치기 위해 방문했다는 것을 잘 알고 있었지만, 이미 마음속 공포는 그들이 사복을 입은 경찰관이라고 속삭이고 있었다. 그는 몰래 방에서 빠져나와, 모자도 쓰지 않고 심지어 외투도 걸치지 않은 채 공포에 휩싸여 뛰기 시작했다. 그 뒤를 개들이 짖으며 쫓아갔다. 어디선가 농부가 그를 향해 고함을 질렀다. 귓가에서는 바람 소리가 윙윙 울렸다. 이반 드미트리치는 온 세상에 존재하는 폭력이 그의 등 뒤로 몰려와 그를 뒤쫓고 있다고 생각했다.

사람들이 그를 붙잡아 집으로 데리고 갔다. 집주인은 의사를 부르러 갔다. 의사 안드레이 예피미치는 그에 대한 사건과 이야기는 미룬 채, 머리에 냉찜질을 하라고 지시한 뒤 물약을 처방했다. 그러고는 애처롭게 고개를 저으며 집주인에게 말하길, 미쳐 가는 사람에게는 약이 필요 없다는 말을 하고는 떠났다. 더는 자신이 왕진을 올 필요가 없다는 말과 함께 말이다. 집에서는 생계를 이어 갈 수도, 치료할 방법도 없기에, 이반 드미트리치는 병원에 보내진 뒤 다시 성병 환자들을 치료하는 병동에 들어갔다. 밤새 그는 잠을 자지 않고 별나게 굴었기에 다른 환자들은 피해를 입었고 곧 안드레이 예피미치의 지시에 따라 6호 병동으로 옮겨졌다.

1년 후, 도시 사람들은 이반 드미트리치의 존재를 완전히 잊었다. 집주인이 헛간 안 썰매 마차 속에 던져 놓은 그의 책들도 아이들이 가져갔다.

4

이반 드미트리치 왼쪽 옆 환자는 이미 말했듯이 유대인 모이세이카이고, 오른쪽에 있는 환자는 미련하면서도 얼굴에 전혀 움직임이 없는, 개기름이 흐르는 얼굴을 가진 농부다. 이자는 이미 오래전부터 생각하고 느끼는 능력을 잃어버렸다. 거의 움직이지 않으며 오로지 먹기만 하는 불결한 짐승과 다를 바 없다. 게다가 항상 숨이 막힐 정도로 악취를 풍긴다.

니키타는 그의 주위를 치우면서, 자신의 주먹이 얼마나 센지를 알기 위해 온 힘을 다해 그를 무섭게 두들겨 팬다. 이런 상황에서 무서운 것은 그가 맞는다는 사실이 아니라, 이제는 맞는 것에 익숙해졌다는 것이다. 그는 얻어맞으면서도 소리를 내거나 움직이지 않는다. 눈동자가 떨리는 반응도 없고, 그저 말없는 나무처럼 조금 흔들린다.

6호 병동의 마지막 다섯 번째 환자는 이전에 우체국에서 우편물을 분류하던 사람이다. 선량하지만 어딘가 교활한 얼굴을 한 그는 몸집이 작고 마른 금발을 가지고 있다. 명랑하게 상대를 바라보는 영리하면서도 침착한 눈매로 보아, 그는 매사 빈틈이 없고 무엇인가 비밀을 간직하고 있는 듯 보였다. 그의 베개와 매트리스 밑에는 누군가에게 빼앗기거나 도둑맞을 것을 염려해 숨겨 둔 것이 아닌, 단지 그의 부끄러움 때문에 숨겨 놓은 무엇인가가 있다. 가끔씩 그는 창가로 다가가 동료들에게 등을 돌린 채 무엇인가를 가슴에 달고 고개를 숙이고 내려다본다.

만일 그런 순간에 누군가 다가가면 그는 당황하며 가슴에서 그 무엇인가를 떼어 낸다. 하지만 그의 비밀을 짐작하는 것은 그다지 어렵지 않다.

"축하해 주시오."

그는 이반 드미트리치에게 자주 이렇게 말한다.

"나는 별이 달린 스타니슬라프 이등훈장(혁명 전 러시아에서 관등이 낮은 관리들에게 수여된 훈장_옮긴이)을 받게 되었소. 별이 달린 이등 훈장은 외국인에게만 주는데, 무슨 이유로 내게 주는지 모르겠소."

그가 이해할 수 없다는 듯 어깨를 들썩이며 미소를 짓는다.

"솔직하게 말하면, 정말 뜻밖의 일이란 말이지!"

"그런 건 나는 잘 모릅니다."

이반 드미트리치가 언짢아하며 힘주어 말한다.

"조금 있다가 내가 무엇을 받게 되는지 아십니까?"

예전에 우체국에서 일했던 사내가 교활한 미소를 지으며 말을 잇는다.

"나는 분명 스웨덴의 북극성 훈장을 받게 될 것이오. 애써 볼 가치가 있는 훈장이지. 하얀 십자가에 검은 리본이 무척 아름답지요."

이 별채 안만큼 단조로운 생활을 하는 곳은 없을 것이다. 중풍 환자와 몸이 뚱뚱한 농부를 뺀 나머지 환자들은 아침마다 현관에 있는 나무통에서 물을 떠 손과 얼굴을 씻고, 환자복 아랫부분을 닦는다. 그런 다음, 니키타가 중앙 병동에서 가져오는 차를 손잡이가 달린 철제 컵에 따라 마신다. 그 누구도 한 잔 이상을 마실 수는 없다. 정오에는 소금에 절인 양배추로 끓인 수프와 카샤(러시아식 죽_옮긴이)를 먹고, 저녁에는 점심때 남긴 카샤를 먹는다. 그사이에 자리에 눕거나 잠을 자거나 창밖을 바라보거나 아니면 구석구석을 산책한다. 날마다 생활은 똑같다. 예전에 우체국에서 일했던 사내가 늘 훈장 이야기만 하는 것도 마찬가지다.

6호 병동에서 새로운 사람을 보는 일은 가뭄에 콩 나듯 드문 일이다. 의사는 오랫동안 새로운 환자를 받지 않았고, 정신 병동에 찾아오는 사람도 드물었다. 두 달에 한 번 이발사 세몬 라자리치가 별채를 방문한다. 그가 환자들의 머리를 어떻게 다듬고 깎는지, 니키타는 옆에서 그의 일을 어떻게 돕는지, 술에 취한 이발사가 미소를 지으며 나타날 때마다 환자들이 얼마나 당황하는지 굳이 말할 필요가 없을 것이다.

이발사를 제외한 그 누구도 별채 안에 들어가지 않는다. 환자들이 날마다 볼 수 있는 사람은 니키타뿐이다.

그런데 얼마 전부터 중앙 병동에 아주 이상한 소문이 떠돌고 있다.

의사가 6호 병동을 찾아간다는 소문이었다.

5

이상한 소문!

의사 안드레이 예피미치 라긴은 나름대로 주목할 만한 인물이다. 사람들 말에 의하면, 그는 아주 젊었을 때 신앙심이 깊어 성직자가 되기로 마음을 먹고, 1863년에 중등학교를 졸업하자마자 신학교에 입학할 준비를 했다고 한다. 하지만 의학박사이자 외과 의사인 그의 아버지는 그런 그를 신랄하게 비웃었으며, 만일 그가 성직자가 된다면 자기 아들로 여기기 않겠다고 말했다는 것이다. 이 말이 어느 정도 사실인지는 모르나, 어찌 되었든 안드레이 예피미치 스스로가 의학을 비롯한 자연과학에 사명감을 느껴 본 적이 없다고 여러 번 고백했던 일은 사실이다.

결국 그는 사제가 되지 못했고, 의학 공부를 마쳤다. 그는 의사가 된 초기나 지금도 특별히 종교적인 모습이나 깊은 신앙심을 내비친 적이 없다.

그의 외모는 거칠고 무지한 농부와 비슷하다. 턱수염이 난 촌스러운 얼굴과 사방으로 뻗은 머리카락 그리고 건강하게 부푼 투박한 배는 냉혹한 대로변 선술집 주인을 연상시킨다. 인상 또한 험상궂은 데다 푸른 정맥이 드러나 있고, 눈은 작으며 코는 빨갛다. 키가 크고 어깨가 넓으며 손과 발의 크기가 엄청나다. 그 주먹으로 한 대 맞으면 정신을 잃고 말 것이다. 그런데 그의 발소리는 조용하고 걸음걸이는 조심스럽다. 좁은 복도에서 마주치면 그가 먼저 멈춰 서서 길을 내주고, 굵은 목소리가 아닌 가늘며 부드러운 목소리로 "실례합니다!" 하고 말한다. 그의 목에는 작은 혹이 있어 풀을 먹인 빳빳한 칼라가 달린 옷을 입지 못한다. 대신 부드러운 리넨이나 면으로 만든 셔츠를 입고 다닌다. 그래서 그의 모습은 의사와는 거리가 멀다. 10년째 같은 양복을 입은 탓에 유대인 가게에서 산 새 옷도 그가 입으면 헌 옷처럼 맵시가 나지 않았다. 그리고 언제나 같은 프록코트를 입고서 환자를 보고 식사를 하고 초대받은 집에 간다. 그것은 그가 인색해서가 아니라 외모에 전혀 관심이 없기 때문이다.

안드레이 예피미치가 근무를 위해 이 도시에 도착했을 때, '자선 병원'의 상태는 열악했다. 병실과 복도도 모자라 병원 마당에서도 악취 때문에 숨 쉬기가 힘들었다. 병원 잡역부들, 간호보조원들, 그리고 그들의 아이들이 환자들과 함께 병동에서 잠을 잤다. 바퀴벌레와 빈대와 쥐 때문에 생활하기 어렵다는 불평이 쏟아졌다. 수술실에서는 단독(丹毒)에 걸리는 일이 잦았다. 병원을 통틀어 외과용 메스는 두 개밖에 없었고, 체온계는 하나도 없었으며, 목욕탕에는 감자가 쌓여 있었다. 사무장과 시트를 관리하는 담당 여직원과 보조 의사가 환자들을 갈취하고 있었다. 소문에 의하면, 안드레이 예피미치의 전임자인 늙은 의사는 소독용 알코올을 몰래 내다 팔았고, 병원을 간호보조원들과 여자 환자들의 하렘으로 만들었다는 이야기도 떠돌았다. 도시에 사는 많은 사람들은 병원의 이러한 무질서를 잘 알고 있었고, 어느 때는 없는 말까지 지어냈지만 모두가 그냥 내버려 두었다. 어떤 사람들은 말하길, 병원에 있는 사람들은 빈민과 농부들 천지다. 하여 그들은 보나마나 병원보다 훨씬 질 낮은 생활을 하기 때문에 불만을 가질 형편이 되지 못한다, 다시 말하면 '들꿩

들한테까지 사료를 줄 수는 없는 노릇이다!'라며 병원의 무질서를 두둔했다. 또 어떤 사람들은, 젬스트보(1864년 1월 1일자 법령에 의해 지방마다 설치되어 1917년 10월 혁명까지 있었던 러시아의 지방자치 기관_옮긴이)의 지원을 받지 않으면서도 도시 자체만으로는 좋은 병원을 운영할 능력이 없기 때문에 나쁜 병원이라도 그나마 있는 것이 다행이라고, 역시 두둔해 말했다. 새로 만들어진 젬스트보 역시 이미 도시에 병원이 있다는 이유로 시내나 변두리에 진료소를 만들지 않았다.

병원을 둘러본 안드레이 예피미치는 이 시설 자체가 무척 부도덕하고 안에 기거하는 사람들 모두가 건강이 안 좋다는 결론을 내렸다. 그의 의견에 따르면, 지금 할 수 있는 가장 현명한 조치는 환자들을 모두 내보내고 병원 문을 닫는 것이었다. 하지만 그는 자신만의 힘으로는 그러한 행동을 취할 수 없음을 알았고 또 그런 조치가 반드시 좋은 방법만은 아니라는 것을 알았다. 육체적인 또는 정신적인 더러움은 어느 한곳에서 몰아낸다 하더라도 이미 다른 곳으로 옮아갈 뿐이다. 어쩌면 저절로 사라지기를 기다릴 필요도 있다. 게다가 사람들이 병원을 열었고, 이 병원을 그대로 인정한다는 것은 결국 이 병원 또한 사람들에게 필요하다는 뜻이리라. 편견 속에서도 속되고 고약한 것들도 필요하다.

마치 분뇨가 거름이 되듯이 그것들도 시간이 흐르면 쓸모 있는 무엇인가로 변할 수 있기 때문이다. 지상에서 그 원천이 속되고 고약하지 않은 훌륭한 것이란 하나도 없다.

안드레이 예피미치는 병원에서 근무하면서 무질서에 관해 아주 무관심한 태도를 보였다. 그저 잡역부들과 간호보조원들에게 병실에서 자지 말라고 당부하고, 의료 기구가 든 캐비닛을 두 개 들여놨을 뿐이다. 사무장과 시트 담당 여직원과 보조 의사와 수술실의 단독은 예전 그대로 놔뒀다.

안드레이 예피미치는 지성과 정직을 무척 존중하며 사랑하지만, 자기 주위를 지적이고 정직한 현실로 만들기에는 품성이나 자신감이 부족하다. 누군가에게 명령하고 금지하고 주장하는 일을 전혀 못한다. '결코 목소리를 높이지 않겠다, 명령법을 쓰지 않겠다.'고 약속이라도 한 듯했다. 그는 '주시오.'나 '가져오시오.'와 같은 말을 웬만해선 하지 않는다. 허기가 질 때도 그는 헛기침을 하고 머뭇거리며 하녀에게 이렇게 말한다. "차를 마시고 싶은데……." 그것도 아니면 "먹을 것이 좀 있을까……." 사무장에게 도둑질을 하지 말라고 충고하거나 또는 그를 해고하거나 아니면 그 기생충과 같은 불필요한 직책을 아주 폐지하는 일은 그의 능력 밖의 일이었다. 속이고 아첨하고 명백한 가짜 계산서를 가져와 서명을 해 달라고 할 때에도, 안드레이 예피미치는 새우처럼 얼굴이 빨개져 서명을 한다. 분명 그것이 잘못된 일임을 알면서도 그는 그랬다. 환자들이 자신들은 굶고 있으며 간호보조원이 그들을 난폭하게 대한다며 불만을 털어놔도 그는 당황해하며 잘못을 빌듯 이렇게 중얼거린다.

"알겠습니다, 네, 알겠습니다. 나중에 알아보겠습니다……. 아마도, 오해가 있을 것입니다……."

처음 얼마 동안 안드레이 예피미치는 무척 열심히 일했다. 그는 하루도 빠짐없이 아침부터 저녁 식사 때까지 진찰하고 수술하고 심지어는 아기를 낳는 일까지 도왔다. 부인들은 그가 아주 신중하며 특히 아이들과 여자들의 질병을 잘 진단한다고 말했다. 하지만 시간이 지날수록 일은 단조롭고 무익하여 그를 무료하게 만들었다. 오늘 서른 명을 진찰하면, 내일은 서른다섯 명으로 늘어나 있고, 그다음 날은 마흔 명으로 늘어나는 그런 생활이 해가 바뀌어도 변하지 않았다. 게다가 도시에 사는 사람들의 사망률은 줄어들지 않았고 환자들도 끊이지 않았다. 마흔 명의 외래 환자를 아침부터 저녁 식사 때까지 꼼꼼히 치료한다는 것은 육체적으로 힘든 일이어서 결국은 별수 없이 환자를 속이게 된다. 1년에 1만 2,000명의 외래 환자를 진단한다는 기록은, 정확하게 말한다면 1만 2천 명의 사람들을 속인다는 뜻이 된다. 중환자를 병원에 입원시키고 과학의 규칙에 따라 진료한다는 것도 불가능하다. 왜냐하면 규칙은 있어도 과학이 없기 때문이다. 철학 따윈 집어치우고 다른 의사들처럼 현학적으로 환자를 대하려 해도, 그러기 위해서는 무엇보다 먼저 청결한 환경과 환기가 필요하며, 악취가 나는 양배추 수프 대신 영양가 높은 음식이 필요하다. 도둑놈이 아닌 훌륭한 조수가 필요한 것이다.

사실 죽음이란 누구에게나 찾아오는 정상적이며 당연할 결말이다. 그리고 무엇 때문에 사람들이 죽는 것을 막으려 한단 말인가? 어떤 장사꾼이나 관리가 5년 혹은 10년을 더 산들 무슨 특별한 의미가 있단 말인가? 의학의 목적이 사람들의 고통을 덜어 주는 것에 있다면, 다음과 같은 질문이 생기는 것은 당연하다. 고통은 무엇 때문에 줄이려 하는가? 첫째, 흔히 말하듯 고통은 사람을 성숙하게 만든다. 둘째, 인류가 정말로 알약과 물약으로 자신의 고통을 줄일 수 있게 된다면, 그 옛날 온갖 불행으로부터 자신을 보호해 주고 나아가 행복을 가져다주었던 종교와 철학은 별 의미 없이 버려질 것이다. 푸시킨은 죽음을 앞에 두고 무서운 고뇌에 휩싸였고, 가난한 하이네는 중풍 때문에 몇 해 동안 누워만 있어야 했다. 그런데 안드레이 예피미치나 마트료나 사비슈

나와 같은 사람이 아프지 말아야 할 이유란 대체 무엇이란 말인가? 그들의 삶이 하찮으며 고통마저 없다면 아메바의 삶처럼 공허할 것이다.

이런 공허한 생각들에 휩싸인 안드레이 예피미치는 의욕을 상실하고, 병원에 매일 출근하지도 않았다.

6

그의 생활은 이렇게 흘러갔다. 그는 대개 아침 8시에 일어나 옷을 입고 차를 마신다. 그리고 서재에 앉아 책을 읽거나 병원에 출근을 한다. 병원의 비좁고 어두운 복도에는 진료를 기다리는 외래환자들이 앉아 있다. 그들 옆으로, 벽돌 바닥을 요란하게 쿵쾅거리며 병원 잡역부들과 간호보조원들이 돌아다니고, 환자복을 입은 안색이 안 좋은 환자들이 걸어가고, 시체와 오물통이 지나가고, 아이들이 울고, 틈새 바람이 분다. 안드레이 예피미치는 열병을 앓는 환자, 폐병 환자, 노이로제 환자들에게 이러한 환경이 아무 도움이 안 된다는 사실을 알고 있다. 하지만 어떻게 개선할 수 있겠는가? 진찰실에서 보조 의사 세르게이가 그를 맞는다. 세르게이는 작은 체구를 가진 뚱뚱한 사람으로 깨끗하게 면도를 한 포동포동한 얼굴을 가지고 있다. 또한 몸짓이 부드럽고 명랑하며 새로 맞춘 정장을 입고 있는데 보조 의사보다는 상원 의원같이 보인다. 그는 하얀 넥타이를 매고 도시의 이곳저곳을 다니며 진료를 많이 한다. 그렇기 때문에 병원 밖 진료를 전혀 하지 않는 의사보다 자신이 더 능숙하다고 생각한다. 진찰실 한쪽 구석에는 케이스가 달린 커다란 성상과 두꺼운 초가 놓여 있다. 그 옆으로는 하얀 커버를 씌운 탁자가 보인다. 벽에는 성직자들의 초상화와 스뱌토고르스키 수도원의 풍경화와 말린 국화꽃 다발이 걸려 있다. 세르게이는 종교적인 사람이어서 웅장하고 화려한 것을 좋아한다. 성상도 자신의 돈으로 사 놓았다. 일요일마다 진찰실에서 환자들 가운데 한 명이 그의 지시에 따라 성가를 부르고, 성가 부르기가 끝나면 세르게이가 직접 향로를 들고 병실마다 돌아다니며 향을 뿌린다.

환자는 넘치고 시간은 부족했기에 진료는 짧은 한두 마디와 연화 연구나 피마자 기름 같은 약을 처방하는 것으로 끝난다. 안드레이 예피미치는 생각에 빠져 주먹으로 뺨을 받치고 앉아 기계적으로 묻는다. 세르게이도 앉아서 양손을 비비며 이따금씩 참견한다.

"우리가 병들고 가난에 고통스러워하는 것은……."

세르게이가 말한다.

"자비로우신 주님께 기도를 잘 드리지 않아서 그런 거지. 물론 그렇고말고!"

안드레이 예피미치는 절대로 수술을 하지 않는다. 오랫동안 수술을 하지 않아서 피만 봐도 기분이 나빠진다. 목 안을 보기 위해 별수 없이 어린아이의 입을 벌려야 할 때, 어린아이가 작은 두 손으로 입을 가리며 비명을 지르면, 그 소리에 현기증이 나고 또한 눈물이 난다. 그는 재빨리 처방전을 쓰고는 아이를 데리고 나가라며 여인에게 손짓을 한다.

진찰을 시작한 지 얼마 지나지 않아 그는 말귀를 알아듣지 못한 채 겁을 먹는 환자들과 자신의 곁에 얌전히 앉아 있는 세르게이 그리고 벽에 걸린 초상화들과 20년이 넘게 지속되고 있는 자신의 똑같은 질문에 진저리를 치기 시작한다. 그는 대여섯 명의 환자를 진찰하고 밖으로 나와 버린다. 남은 환자는 보조 의사가 진찰한다.

다행스럽게도 오래전부터 개인 진료가 없어져, 아무도 자신을 방해하는 환자가 없다는 생각에 기분이 좋아진 안드레이 예피미치는 집으로 돌아와 편안한 기분으로 책을 읽기 시작한다. 이미 많은 책을 읽었지만 지금도 그는 책을 읽을 때마다 크게 감명을 받곤 한다. 봉급의 절반 이상을 책을 구입하는 데 쓴다. 그가 사는 집 방 여섯 개 가운데 셋은 책과 낡은 잡지로 채워져 있다. 그가 특히 좋아하는 글은 역사와 철학에 관한 것이다. 의학 잡지는 〈의사〉만을 구독하는데, 이 잡지는 늘 끝에서부터 읽는다. 한번 책을 잡으면 쉬지 않고 몇 시간을 읽는데, 한 번도 지치거나 지루해하지 않는다. 이반 드미트리치가 예전에 그랬듯이 산만하거나 급하게 책을 읽지 않고 천천히 그리고 꼼꼼하게, 또한 마음에 들거나 이해가 되지 않는 부분에서는 페이지를 그대로 둔 채, 오랫동안 생각하면서 책을 읽는다. 책 옆에는 늘 보드카 병이 놓여 있고, 소금에 절인 오이나 물에 담근 사과가 쟁반이 아니라 책상 위에 그대로 놓여 있다. 30분에 한 번 그는 책에서 눈을 떼지 않고 보드카를 잔에 따라 단번에 들이켜는데, 오이 역시 보지 않고 손으로 더듬거리며 찾아 한 입 베어 문다.

3시에 그는 조심스럽게 부엌문 앞으로 가, 헛기침을 먼저 하고 이렇게 말한다.

"다류시카, 점심을 먹을 수 있을까……."

매우 볼품없고 맛없는 점심을 마치고, 안드레이 예피미치는 팔짱을 끼고 방 안을 서성이며 생각에 잠긴다. 4시 종이 울리고,

5시 종이 울려도 그는 여전히 서성거리며 생각에 빠져 있다. 가끔씩 드물게 부엌문이 소리를 내며 열리고 다류시카의 졸린 붉은 얼굴이 보인다.

"안드레이 예피미치 씨, 맥주를 갖다드릴까요?"

하녀가 그를 생각하듯 이렇게 묻는다.

"아니, 아직⋯⋯."

그가 대답한다.

"조금 더 있다가⋯⋯ 조금만 더⋯⋯."

저녁이 되면 보통 우체국장 미하일 아베랴니치가 찾아온다. 그는 도시 전체를 통틀어서 안드레이 예피미치가 부담 없이 만날 수 있는 단 한 사람의 친구다. 예전에 미하일은 아주 부유한 지주로 기병대에서 근무했으나, 망한 이후 생계 때문에 우체국에 들어갔다. 그는 늠름한 외모에 흰 구레나룻이 덥수룩한, 교양과 매너를 갖춘 크고 유쾌한 목소리를 가진 사람이다. 그는 친절하고 섬세했지만 성격이 급하다. 우체국 방문객 중 누군가 항의를 하거나 이의를 제기하면 미하일은 참지 못하고 우레와 같은 목소리로 고함을 친다.

"조용히 못해!"

그래서 우체국은 이미 오래전부터 가고 싶지 않은 시설로 분류되었다. 미하일은 안드레이 예피미치가 교양 있고 고결하다는 이유로 좋아하고 존경한다. 하지만 다른 사람들을 대할 때에는 마치 하인을 부리듯 얕잡아 보았다.

"내가 왔소!"

그는 안드레이 예피미치의 집에 들어서면서 이렇게 말한다.

"잘 지냈소, 선생? 내가 들른 것이 싫지는 않겠지요?"

"그렇지 않습니다. 반갑습니다."

의사가 대답한다.

"언제나 환영합니다."

두 친구는 서재 소파에 앉아 잠시 말없이 담배를 피운다.

"다류시카, 맥주 좀 가져다주겠소?"

안드레이 예피미치가 말한다. 처음 한 병은 여전히 말없이 마신다. 의사는 생각에 빠진 채, 미하일은 무엇인가 무척 재미있는 이야깃거리를 가지고 있는 사람처럼 명랑하고 생기 있는 표정으로 맥주를 마신다. 입은 늘 의사가 먼저 연다.

"정말로 안타깝습니다."

상대방의 눈을 쳐다보지 않고 고개를 흔들며 그가 천천히 작은 목소리로 말한다. (그가 다른 사람의 눈을 쳐다보는 경우는 없다.)

"참으로 안타까운 일은, 존경하는 미하일 아베랴니치 씨, 지혜롭고 재미있는 대화를 나눌 수 있고 또 좋아할 만한 사람이 우리 도시에는 전혀 살고 있지 않다는 겁니다. 이것은 우리나라의 커다란 손실이라 생각합니다. 인텔리겐치아마저도 저속함에서 빠져나오지 못하니. 그들의 발달 수준은 하층 계급보다 높지 못하다고 확신할 수 있어요."

"정말 그렇습니다. 지당한 말씀입니다."

"당신도 아시다시피⋯⋯."

의사는 쉬지 않고 조용히, 그리고 천천히 말한다.

"이 세상에서 지성만큼 고결하고 정신적인 의미를 발휘하는 것은 없습니다. 사실 이것은 무척 흥미로운 일입니다. 지성은 사람과 동물을 정확히 분류해 내고, 인간이 지닌 신성을 암시하며, 존재하지 않는 불멸을 어느 정도까지는 인간에게 대신 부여합니다. 이런 점에서 보면, 지성은 즐거움을 낳는 유일한 원형이자 원천이지요. 말하자면 우리는 지금 즐거움을 잃었습니다. 물론 책이란 것이 존재하나 책과는 현실적인 대화나 교제를 하기 어렵지요. 그럴싸한 비유는 아니지만, 책이 악보라면 대화는 노래입니다."

"정말 그렇습니다."

침묵이 다시 이어진다. 다류시카가 부엌에서 무료하고 우울한 표정으로 나와 이야기를 듣기 위해 문간에 서서 주먹으로 턱을 괸다.

"휴우!"

　미하일이 한숨을 쉰다.

"요즘 사람들에게 어떻게 지성을 기대하겠습니까!"

　미하일은 예전의 생활이 얼마나 건강하고 즐거웠는지, 러시아에 지적인 인텔리겐치아가 얼마나 많았는지, 또 그들이 명예와 우정을 얼마나 소중하게 다뤘는지에 대해 이야기했다. 어음도 끊지 않고 돈을 빌려 줬고, 어려움에 빠진 동료에게 도움의 손길을 주지 않는 것을 부끄럽게 여겼다. 그리고 얼마나 멋진 행군이자 모험이었고 전투였던가! 아, 그때 그 동료들과 여인들! 캅카스는 얼마나 경이로운 곳이었던가! 어느 대대장의 아내는 장교 복장을 한 채 저녁마다 안내인도 없이 홀로 산속으로 들어가던 이상한 여인이었는데, 소문에 의하면 그 지역의 한 공작과 연애를 하고 있었다고 한다.

"오, 자비로우신 성모여⋯⋯."

　다류시카가 한숨을 내쉰다.

"정말로 끝도 없이 마시고 먹어 댔지! 자유주의자들은 또 얼마나 터무니없었던지!"

안드레이 예피미치는 다른 생각을 하느라 이야기를 건성으로 들으며 맥주를 마신다.

"나는 자주 꿈에서 지적인 사람들을 만나 이야기를 나누지요."

안드레이 예피미치가 미하일의 말을 끊으며 불쑥 말한다.

"아버지는 저에게 훌륭한 교육을 받게 해 주셨습니다. 하지만 아버지는 1860년대 사상의 영향을 받아 저를 의사로 만드셨지요 (1860년대는 러시아의 인텔리겐치아들 사이에서 민주적이고 혁명적인 사상이 퍼지기 시작했던 시기다. 이때 이들에게 큰 영향을 준 것은 서구에서 유입된 자연과학과 유물론이다_옮긴이). 만일 그때 아버지의 뜻을 받아들이지 않았다면, 나는 지금쯤 지적 흐름 가운데 서 있을 겁니다. 어쩌면 대학교수가 되었을지도 모르지요. 물론 지성도 영원할 순 없지만, 어째서 제가 지성에 몰입하는지는 당신도 아실 겁니다. 인생은 지긋지긋한 쳇바퀴입니다. 모름지기 사람이 성숙해지면, 자신이 출구 없는 덫에 걸려들었다는 것을 알게 됩니다. 사실, 그는 자신의 의지와는 상관없이 우연에 의해서 그러니까 무(無)에서 이 세상 밖으로 불려 나온 것입니다……. 왜? 그는 자신의 존재 목적을 알고 싶어 하지만, 누구도 그에게 알려 주지 않고 혹 말해 준다 하더라도 무의미할 뿐입니다. 그가 두드려도 문은 열리지 않고, 다만 죽음만이 찾아옵니다. 그것도 역시 그의 의지와는 상관없이 말이지요. 이렇게 감옥과 같은 곳에서 똑같은 불행으로 엮인 사람들이 함께 모여 산다면 조금은 견딜 수 있는 삶이 되겠지만, 또 한편으로는 지성을 찬미하는 사람들이 함께 모여 살면서 자유롭고 고매한 사상들을 교환하며 시간을 보낸다면 결코 덫에 걸린 것을 슬퍼하지는 않게 될 겁니다. 이런 의미에서 지성은 무엇과도 바꿀 수 없는 즐거움입니다."

"정말 그렇습니다."

역시 상대의 눈을 바라보지 않고 안드레이 예피미치가 천천히 그리고 조용히, 지적인 사람들과 또 그들과의 대화에 관해 말하는 동안, 미하일은 그의 말을 경청하며 "정말 그렇습니다." 하고 동의했다.

"영혼의 불멸을 믿지 않나요?"

우체국장이 불쑥 묻는다.

"믿지 않습니다. 존경하는 미하일 아베랴니치 씨, 저는 믿지 않습니다. 또 믿을 만한 근거가 없지 않습니까."

"사실, 나도 의심하고 있습니다. 내가 절대 죽지 않을 거라는 생각이 들긴 하지만 말입니다. 이런 생각은 가끔씩 합니다. 이제 늙었으니 죽을 때가 되었군! 그러면 내 속에서 목소리가 들려옵니다. 그렇지 않아, 넌 죽지 않아……!"

9시가 지나면 미하일은 집을 나선다. 현관에서 털외투를 입으면서 그는 이렇게 탄식을 한다.

"하지만, 무슨 팔자로 우리는 이런 촌구석에 왔을까요! 더 화가 나는 건 여기서 인생을 마쳐야 한다는 사실이지요. 아……!"

7

친구가 떠난 뒤, 안드레이 예피미치는 책상에 앉아 다시 책을 읽기 시작한다. 아무 소리도 들리지 않는 저녁 시간과 이어지는 밤의 정적 속에서, 의사는 멈춰 버린 시간 속의 책 더미에 파묻혀 사라져 버린 듯하다. 책들과 초록 램프를 제외하고는 아무것도 존재하지 않는 듯하다. 못생기고 거친 농부와 같은 의사의 얼굴이, 활짝 열린 지성의 흐름과 마주하며 감동과 환희에 젖어 조금씩 미소를 띠며 환해진다.

'아, 어째서 사람은 불멸하지 못할까?'

그는 생각한다.

'뇌의 중추와 주름은 무엇 대문에 존재하는 걸까? 시력, 언어,

자각, 천재는 대체 무엇일까? 이 모든 것들이 땅속으로 사라지고 결국은 지구와 표면과 함께 싸늘히 식어, 이후 수백만 년을 아무런 의미도 없이, 아무런 목적도 없이 지구와 함께 태양 주위를 맴돌 텐데. 그렇다면 무(無)에서 인간을, 그것도 고결하면서도 거의 신과도 같은 지성을 지닌 인간을 데려와서, 마치 놀리기라도 하듯이 다시 흙으로 돌아가게 할 필요는 전혀 없지 않은가.'

물질의 순환! 그러나 불멸을 대신하는 이 말로 자신을 위로한다는 것은 얼마나 헛된 일인가! 자연 속에서 진행되고 있는 그 무의식적인 과정은 사람의 어리석음보다 못하다. 어쨌거나 어리석음 속에는 의식과 의지가 존재하지만, 자연 속에는 그 어떤 것도 없기 때문이다. 죽음 앞에서 체면을 잃고 마는 겁쟁이들만이 자신의 몸은 시간이 흐르면 풀이나 돌 혹은 두꺼비 속에서 살 게 될 것이라 위로한다⋯⋯. 물질의 순환 속에서 자신의 불멸을 찾는 것은 이미 망가져 쓸모없게 된 값비싼 바이올린 케이스가 화려한 미래를 지녔다고 상상하는 것만큼이나 우스운 일이다.

시계 종이 울린다. 안드레이 예피미치는 안락의자 등받이에 몸을 기댄 채, 눈을 감고 다시 생각에 잠긴다. 그러다 문득, 책에서 읽은 멋진 사상을 생각하며 자신의 과거와 현재를 되돌아본다. 과거는 역겨워 기억하지 않는 편이 낫다. 하지만 현재가 과거와 다른 것도 아니다. 그는 자신의 생각이 차디찬 지구와 함께 태양의 주위를 돌고 있는 이 시각에도, 집에서 가까운 큰 건물 안에 있는 사람들은 질병과 몸을 더럽히는 불결로 고통받고 있다는 사실을 잘 알고 있다. 어떤 이는 잠도 못 자고 이와 싸우고 있을지도 모른다. 또 어떤 이는 단독에 감염됐거나 아니면 지나치게 꽉 맨 붕대 때문에 괴로워하고 있을지도 모른다. 어쩌면 환자들은 간호보조원들과 카드놀이를 하며 보드카를 마시고 있을지도 모른다. 1년에 1만 2,000명의 사람들이 속고 있다. 병원의 모든 일은 20년 전과 똑같다. 절도와 다툼 그리고 험담과 정실(情實)은 노골적인 엉터리 진료 위에 존재한다. 병원은 옛날과 마찬가지로 부도덕한 시설이며, 그곳에 사는 사람들의 건강은 늘 위협받고 있다. 그는 6호 병동 철창 안에서 니키타가 환자들을 두들겨 패고, 모이세이카가 매일 도시를 돌아다니며 구걸한다는 사실을 잘 알고 있다.

반면, 그는 최근 25년 동안 의학 분야에서 믿기 힘든 변화가 일어나고 있다는 것도 잘 알고 있다. 대학 시절, 그는 의학이 연금술과 형이상학의 운명을 곧 따라잡으리라 여겼다. 그런데 밤마다 책을 읽는 지금, 의학은 그를 감동시키는 것도 모자라 경탄과 환희에 빠져들게 한다. 사실 조금도 기대하지 않았던 광명이고 희열이지 않은가! 방부제 덕분에 위대한 피로고프(러시아의 외과의사로 해부학 실험의 창시자_옮긴이)가 미래에도 불가능할 것이라 여겼던 수술을 하고 있지 않은가. 별 볼 일 없는 시골 의사도 과감하게 무릎 관절 절제 수술을 하고, 개복수술 사망률이 1퍼센트에 불과하고, 결석이 생기는 병은 처방전도 필요 없는 질병으로 분류되고 있다. 매독은 깨끗이 완치된다. 유전 이론, 최면술, 파스퇴르와 코흐의 발견, 통계 위생학, 그리고 우리 러시아의 지방 의술은 또 어떠한가? 지금은 같은 분류법 그리고 진단과 치료의 방법을 가진 정신의학은 이전과 비교해서 완전한 엘부르스(흑해와 카스피 해 사이에 있는 캅카스 산맥에서 가장 높은 산_옮긴이)이다. 지금은 정신병자의 머리에 찬물을 끼얹고 몸을 죄는 상의를 입히지 않는다. 그들을 인간적으로 대하며, 심지어 신문에도 간혹 보도되듯이 그들을 위해 연극과 춤을 공연하기도 한다. 오늘날의 흐름이 이러한데, 철도에서 200베르스타나 떨어진 이곳 시골 동네에서는 벌어지는 6호 병동의 추악함은 충분히 벌어질 수 있는 일이라는 것을 안드레이 예피미치는 잘 알고 있다. 도시의 시장과 모든 시의원들은 아직도 글을 제대로 읽고 쓸 줄 모르는 무지한 사람들이고, 의사란 자가 입을 벌리고 끓는 납을 부어야 한다고 말해도 아무 의심 없이 믿어야 하는 사제라 여기고 있다.

만일 이곳이 다른 곳이었다면, 이미 오래전에 대중과 언론은 이 작은 바스터유를 산산이 부숴 버렸을 것이다.

'그렇지만?'

안드레이 예피미치는 눈을 뜨고 스스로에게 묻는다.

'그렇다고 어쩌겠는가? 방부제, 코흐, 파스퇴르, 하지만 문제의 본질은 변하지 않았다. 질병에 걸리는 것도 사망률도 예전과 똑같다. 정신병자들에게 춤과 연극을 보여 준다 하지만, 그렇다고 그들에게 자유를 주는 것은 아니다. 그렇다면 모든 것은 헛되지 않은가. 훌륭하다고 소문 난 비엔나 병원과 이곳 병원 사이에는 본질적으로 아무런 차이가 없다.'

그러나 안타까움과 부러움이 한데 섞여 그의 마음속에 자리를 잡는다. 피곤해서 그럴 것이다. 무거운 머리가 자꾸 책 쪽으로 향하자, 두 손으로 얼굴을 받쳐 편안한 자세를 취한다. 그리고 다시 생각한다.

'나는 좋지 못한 일을 하면서, 나에게 속는 환자들로부터 봉급을 받고 있다. 나는 정직하지 못하다. 나 자신은 아무것도 아니다. 나는 사회의 필요악의 일부분에 지나지 않는다. 지방의 모든 관리도 해로운 일을 하지만 똑같이 봉급을 받는다……. 그러니까 다시 말하면, 내가 부정직한 것은 나만의 잘못이 아니다. 시

대의 잘못인 것이다……. 내가 200년 후에 태어났다면 아마도 딴사람일 것이다.'

시계가 3시를 알리자 그는 램프를 끄고 잠자리에 든다. 잠이 오지 않는다.

8

2년 전, 젬스트보는 자치회 병원을 열기 전까지 시립 병원에서 근무하는 의료 인력을 보충하기 위해 1년에 300루블을 보조금으로 지출하기로 결정했다. 그래서 시는 안드레이 예피미치를 도와 줄 의사로 예브게니 표도리치 호보토프를 초빙했다. 아직 채 서른 살이 되지 않은 그는, 갈색 머리에 광대뼈가 넓고 눈이 작은 젊은이로, 조상이 러시아인은 아닌 듯했다. 그는 무일푼인 것도 모자라 부엌일을 하는 젊고 못생긴 하녀와 함께 작은 가방을 들고 도시에 왔다. 여자에게는 젖먹이가 있었다. 호보토프는 챙이 달린 모자를 쓰고 긴 장화를 신었으며, 겨울이면 반코트를 입었다. 그는 보조 의사인 세르게이와 재무 담당 직원과 무척 가깝게 지냈으나, 다른 직원들은 무슨 이유에서인지 그를 귀족이라 불렀고, 그 또한 그들과 친하게 지내지 않았다. 그의 집에는 책이 한 권밖에 없었다. 《1881년 비엔나 병원의 최신 처방》. 병원에 출근 할 때 그는 항상 이 책을 가지고 갔다. 저녁이면 클럽에서 당구를 치지만, 카드놀이는 끼지 않았다. 대화를 할 때도 '지겨운 농담.'이라든가 '식초에 절인 망토.' 혹은 '거짓말이지.' 하는 말들을 즐겼다.

그는 일주일에 두 번 출근해서 병실을 돌며 환자들을 진료했다. 방부제와 흡각기가 하나도 없다는 데 화를 냈지만, 안드레이 예피미치가 신경 쓰여 새로운 질서를 세우려 하지는 않았다. 또한 동료인 안드레이 예피미치를 늙은 협잡꾼이라 여기고, 그의 많은 재산을 의심하면서도 은근히 부러워했다. 그는 안드레이 예피미치의 자리를 기껍게 빼앗을 사람이었다.

9

3월 말, 얼었던 땅 위의 눈도 녹고 병원 마당에서 찌르레기가 울던 어느 봄날 저녁이었다. 의사가 친구인 우체국장을 배웅하기 위해 밖으로 나왔다. 바로 그때였다. 구걸하고 돌아오던 유대인 모이세이카가 마당 안으로 들어왔다. 그는 모자도 쓰지 않고 맨발 위에 조그만 덧신만 신은 채 밖에서 구걸한 물건을 담은 작은 자루를 손에 들고 있었다.

"한 푼만 주세요!"

추위에 떨면서도 그는 웃으며 의사에게 말했다. 거절할 줄 모르는 안드레이 예피미치는 그에게 10코페이카 동전을 주었다.

'꼴이 말이 아니야.'

빨갛고 푸석푸석한 복사뼈가 드러난 모이세이카의 맨발을 내려다보며 그가 생각했다.

'몽땅 젖었어.'

연민과 혐오가 뒤섞여 흥분한 안드레이 예피미치가 유대인의 대머리와 복사뼈를 번갈아 쳐다보며 그 뒤를 따라 별채로 들어섰다. 의사가 안으로 들어서자 니키타가 쓰레기 더미에서 벌떡 일어나 차려 자세를 취했다.

"잘 지내나, 니키타."

안드레이 예피미치는 상냥하게 말했다.

"이 유대인에게 장화를 줘야 할 텐데. 자 보게나, 그렇지 않으면 감기에 걸리겠어."

"알겠습니다, 나리. 사무장님께 보고하겠습니다."

"그렇게 해 주게. 내 이름으로 말하게나. 내가 부탁하더라고 말이야."

현관에서 병동으로 들어가는 문이 열려 있었다. 이반 드미트리치가 팔꿈치로 몸을 괴고 침대에 엎드려 있었다. 그는 낯선 목소리가 들리자 불안해하며 귀를 기울이다가 목소리의 주인공이 문득 의사라는 것을 알아챘다. 이반 드미트리치는 분노로 몸을 부들부들 떨며 일어나더니, 일그러진 얼굴로 눈을 부릅뜨며 병동 한가운데로 뛰어나갔다.

"의사가 왔다!"

그가 외치며 큰 소리로 웃었다.

"드디어 의사가 왔다! 여러분 모두 축하합시다. 의사가 우리에게 왔습니다! 빌어먹을 자식!"

한 번도 병동 안에서는 광기를 드러내지 않던 그가 발을 마구 굴러 댔다.

"저놈을 죽여라! 그냥 죽여서는 안 돼, 똥통에 처넣어!"

그 소리를 들은 안드레이 예피미치는 현관에서 병동 안을 들여다보며 상냥하게 물었다.

"대체 무슨 일이오?"

"대체 무슨 일?"

이반 드미트리치가 험상궂은 얼굴로 그에게 다가가 성급하게 환자복을 여미며 버럭 소리를 질렀다.

"무슨 일이냐고? 도둑놈!"

그는 혐오스러운 표정으로 침을 뱉는 시늉을 했다.

"당신은 사기꾼이야! 악당이라고!"

"자, 진정하시고……."

안드레이 예피미치는 잘못이라도 한 듯 미소를 지으며 말했다.

"단언컨대 나는 지금까지 한 번도 도둑질을 하지 않았소. 그리고 그 밖의 얘기도 당신이 과장하여 말하는 것 같소. 보아하니 당신은 나에게 화가 난 것 같은데, 제발 좀 진정하시오. 그리고 가능하면 냉정하게 말해 봐요. 무엇 때문에 나에게 화를 내는 거요?"

"무슨 이유로 당신은 나를 여기에 가뒀소?"

"당신이 아프기 때문이오."

"그래, 아프긴 하지. 하지만 당신들은 무식하게도 진짜 미치광이와 멀쩡한 사람을 구별하지 못해. 수십, 수백 명의 미치광이들이 자기 맘대로 돌아다니지 않소. 대체 왜 나처럼 불쌍한 사람이 모든 미치광이를 대신해 이곳에 있어야 한단 말이오? 당신, 보조 의사, 사무장, 그리고 병원의 나머지 쓰레기들마저 우리보다 더 흉악스러운데, 대체 왜 우리는 이곳에 갇혀 있고, 당신들은 버젓이 밖으로 나다니는 거요? 이 무슨 말도 안 되는 논리란 말이오?"

"도덕적인 태도와 논리는 이곳에서 거론할 일이 못 됩니다. 모든 일은 우연이니까요. 붙잡힌 사람은 갇혀 있는 것이고, 붙잡히지 않은 사람은 돌아다닌다. 이것이 전부입니다. 그 이상도 이하도 없습니다. 내가 의사이고 당신은 정신병자라는 데 허무한 우연만 있지 도덕성이나 논리는 존재하지 않습니다."

"하, 그런 말도 안 되는 소리가 어디 있어……."

이반 드미트리치가 중얼거리며 자신의 침대에 앉는다. 의사가 있기에 니키타에게 몸수색을 면한 모이세이카가 자신의 침대 위에 빵 조각과 종이 조각 그리고 뼈다귀들을 올려놓았다. 그러고는 여전히 몸을 떨며 무엇인가를 빠르게 노래하듯 유대어로 지껄였다. 마치 자신이 가게라도 차렸다고 생각하는 모양이었다.

"나를 여기서 내보내 주시오."

이반 드미트리치가 떨리는 목소리로 말했다.

"그럴 수는 없습니다."

"대체 그 이유가 무엇이오?"

"내 권한을 벗어나는 일이기에 그렇습니다. 내가 풀어 준다고 해도 아무 소용이 없습니다. 분명 주민과 경찰에게 다시 붙잡혀 이곳으로 돌아오게 되어 있습니다."

"좋아요, 틀린 말은 아니오……."

이반 드미트리치가 이마를 만지며 중얼거렸다.

"정말로 끔찍한 일이야! 그럼 난 도대체 무엇을 어떻게 해야 한단 말이오? 대체 뭘?"

안드레이 예피미치는 이반 드미트리치의 목소리와 그의 젊고 지적인 찡그린 얼굴이 마음에 들었다. 그는 이 젊은이를 위로하는 것과 동시에 마음을 진정시키고 싶었다. 그는 이반 드미트리치와 함께 나란히 침대에 앉아 잠시 생각에 잠겼다. 그리고 다시 입을 열었다.

"무엇을 해야 하느냐 물었소? 당신의 상황에서 가장 좋은 방법은 이곳에서 나가는 것이오. 하지만 유감스럽게도, 아무 소용이 없습니다. 다시 붙잡힐 것이 분명합니다. 이 사회가 범죄자나 정신병자로부터 자신을 보호하려고 작정하면, 어떤 수를 써도 그들을 이겨 낼 방법은 아무것도 없소. 당신이 할 수 있는 한 가지 방법은 그냥 이곳에서 마음을 진정시키고 있는 것이오."

"여기에 있을 사람은 단 한 사람도 없소."

"감옥과 정신병원이 존재하는 한, 누군가는 그곳에 있어야 합니다. 당신이 아니라면 나라도. 내가 아니면 다른 누군가라도. 그러니 기다려 봅시다. 먼 훗날, 미래에 감옥과 정신병원이 사라지게 되면, 창문과 쇠창살과 환자복도 사라지겠지요. 물론 그날은 늦더라도 반드시 찾아올 겁니다."

이반 드미트리치는 웃음이 났다.

"흥, 농담도 잘하는군."

그는 가느다랗게 눈을 뜨며 말했다.

"당신과 당신의 조수 니키타와 같은 인간들에게 미래가 무슨 상관이겠소. 하지만 여보시오. 좋은 시대가 올 것이라 믿어도 되오. 내 표현이 적절치 않고 저속하다고 비웃어도 괜찮아요. 하지만 분명 새로운 생활을 시작할 것이오. 정의는 승리할 거요. 그리고 우리의 거리에서 축제가 열릴 것이오! 그는 그때를 보지 못한 채 죽겠지만, 후손들 가운데 누군가는 볼 수 있겠지. 나는 기쁜 마음으로 미래를 기다리겠소. 전진, 친구들이여, 그대들에게 하느님의 가호가 있기를!"

이반 드미트리치는 눈을 빛내며 일어나 창문을 향해 두 팔을 번쩍 들고 격앙된 목소리로 계속 말했다.

"철창 안에서 그대들을 축복하오! 정의 만세! 나는 기쁘도다!"

"내가 보기에는 기뻐할 이유가 하나도 없소."

안드레이 예피미치가 말했다. 이반 드미트리치의 행동이 연극 배우처럼 느껴졌지만, 한편으로는 그런 모습이 마음에 들었다.

"감옥과 정신병원이 사라지고, 지금 당신의 말처럼 정의가 승리한다고 해도, 사물들의 본질은 변하지 않습니다. 자연의 법칙은 그대로라는 말입니다. 사람들은 지금과 마찬가지로 병들고 죽어 갈 것입니다. 찬란한 서광이 당신 삶을 비춘다 해도 결국은 모두가 죽어 땅속에 묻힐 것입니다."

"그렇다면, 불멸은?"

"오, 불멸이라니!"

"당신은 믿지 않겠지만 나는 믿고 있소. 도스토옙스키의 작품인지, 아니면 볼테르의 작품인지 잘 모르겠지만 여하튼 작품 속 누군가가 말했소. 신이 없다면 사람이 신을 만들어야 한다고. 만일 불멸이 없다면 사람의 위대한 지성이 언젠가는 반드시 불멸을 찾을 것이라고 나는 굳게 믿고 있소."

"좋습니다."

안드레이 예피미치가 부드러운 미소를 지으며 말했다.

"당신에게 믿음이란 것이 있다는 것은 좋은 일입니다. 그런 믿음을 가지고 있다면 벽 속에 갇혀도 마음을 편하게 가질 수 있습니다. 당신은 어딘가에서 교육을 받은 것 같군요."

"대학에서 공부했소. 비록 졸업은 못했지만."

"당신은 사상도 있고 생각도 많군요. 어떤 환경에서도 당신은 평정을 찾을 수 있습니다. 인생을 이성적으로 이해하려고 하는 자유롭고 심오한 생각과 세상의 어리석은 소란을 무시할 줄 아는 것, 이 두 가지는 사람만이 할 수 있는 최상의 축복입니다. 당신은 비록 쇠창살 안에 갇혀 살지만, 이 두 가지를 모두 지닐 수 있습니다. 디오게네스(B.C.400?~B.C.323 그리스 키니코스학파의 대표적인 철학자. 행복은 인간의 자연스러운 욕구를 가장 쉬운 방법으로 만족시키는 것이라고 역설하면서, 가난하지만 부끄러움이 없는 자족의 생활을 실천했다_옮긴이)도 나무통에서 살았지만, 지상의 그 어느 황제보다도 행복했습니다."

"당신이 이야기하고 있는 디오게네스는 멍청한 사람이었소."

이반 드미트리치가 딱딱한 어투로 말했다.

"무엇 때문에 디오게네스니 이성적인 이해니 하는 말을 하는 거요?"

그는 갑자기 화를 내며 벌떡 일어났다.

"나는 삶을 사랑합니다. 아주 열렬히 사랑하고 있습니다! 나에게는 피해망상증이 있어서 무서운 공포에 시달리지만, 삶에 대한 욕망이 나를 사로잡는 순간이 찾아오면 그때는 미쳐 버리는 것이 아닌가 하고 두려워집니다. 나는 살고 싶습니다. 그것도 아주 지독하게 살고 싶단 말입니다!"

"공상에 빠지면 여러 환영이 보입니다. 사람들이 나에게 다가오고, 나는 목소리와 음악을 듣게 됩니다. 그리고 숲 속과 바닷가를 거닐고 있다는 생각도 듭니다. 그러면서 세상의 소란과 걱정이 무척이나 그리워집니다……. 말해 주시오. 그곳에 새로운 일이 없는지."

이반 드미트리치가 물었다.

"그곳은 어떤가요?"

"당신은 이 도시가 궁금한 겁니까, 아니면 세상 모두가 궁금한 겁니까?"

"뭐 그럼 먼저 도시에 관해 이야기하고, 다음에는 세상에 관해서도 이야기해 주시오."

"글쎄요, 도시란 견딜 수 없을 만큼 무료하지요……. 이야기를 나눌 상대도 없고, 이야기를 듣는 사람도 없습니다. 새로운 얼굴도 없지요. 아니, 그러고 보니 얼마 전에 호보토프라는 젊은 의사가 왔었습니다."

"그 사람은 내가 있을 때 왔었소. 어떻소, 야비한 놈이지요?"

"그렇습니다. 교양이 없는 사람입니다. 이상한 일은, 당신도 아는지 모르겠지만…… 무엇을 보더라도, 우리나라의 큰 도시들은 지적으로 침체되어 있지 않습니다. 아니 어쩌면 활발하지요. 다시 말하자면 참된 지성인들이 있다는 뜻입니다. 하지만 어찌된 일인지 언제나 이곳에는 두 번 다시 보기 싫은 사람들만 옵니다. 그래요, 이곳은 불행한 도시입니다!"

"네, 불행한 도시가 맞습니다!"

이반 드미트리치가 한숨을 내쉬고 웃기 시작했다.

"세상은 어떻습니까? 신문이나 잡지에 뭐라고 쓰여 있나요?"

병동 안은 이미 컴컴해졌다. 의사는 일어서서, 외국과 러시아에서 어떤 일들이 벌어지고 있는지, 지금 어떤 경향의 사상이 나타나고 있는지 이야기했다. 이반 드미트리치는 온 신경을 집중해 들으며 질문을 했다. 그러다가 갑자기 어떤 무서운 생각이 떠올랐는지 자신의 머리를 붙들고 의사에게 등을 돌리며 침대에 누웠다.

"왜 그러시오?"

안드레이 예피미치가 물었다.

"이제부터 당신과는 한마디도 하지 않을 거야!"

이반 드미트리치가 무섭게 말했다.

"나를 내버려 둬!"

"무슨 일이오?"

"말하기 싫소. 나를 그냥 내버려 두라고! 망할 놈!"

안드레이 예피미치는 어깨를 움츠리며 한숨을 쉬었다. 그러고
는 병동을 나와 현관을 지나면서 그는 말했다.

"여기 좀 치워야겠소. 니키타…… 냄새가 정말 끔찍하군!"

"알겠습니다, 나리."

'정말 유쾌한 젊은이군!'

안드레이 예피미치는 집으로 걸어가며 생각했다.

'내가 이 도시에서 살면서 아마도 처음 본, 제대로 이야기할 만
한 상대를 만난 것 같아. 그는 논리적이면서도 중요한 일에 관심
을 가지고 있어.'

책을 읽다 잠자리에 누운 그는 줄곧 이반 드미트리치를 생각
했다. 다음 날 아침 일어나자마자, 그는 지적이고 흥미로운 사
람, 즉 이반 드미트리치를 다시 생각하며 기회가 닿는다면 그에
게 한 번 더 가 보기로 결심했다.

10

이반 드미트리치는 어제와 같은 모습으로 얼굴은 보이지 않은 채, 두 손으로 머리를 붙잡고 다리는 얌전히 펴고서 누워 있었다.

"안녕하십니까, 친구."

안드레이 예피미치가 말했다.

"주무시고 계신가요?"

"첫째, 나는 당신의 친구가 아니오."

이반 드미트리치가 베개에 얼굴을 묻으며 말했다.

"둘째, 당신은 지금 쓸데없는 일을 하고 있소. 나에게 그 어떤 대답도 얻지 못할 테니까 말이오."

"이해할 수 없군요······."

당황한 안드레이 예피미치가 중얼거렸다.

"어제는 서로 편안하게 이야기를 나눴는데 지금은 무슨 이유 때문인지 당신은 화를 내며 말을 통 하지 않으려 하니······. 어쩌면 내가 불쾌한 이야기를 했거나, 그것도 아니면 당신 신념에 어긋나는 생각을 말했거나 한 모양이군요······."

"그렇소, 내가 어찌 당신을 믿는단 말이오!"

이반 드미트리치가 머리를 들고 조소와 불안에 찬 시선으로 의사를 바라보며 말했다. 더군다나 그의 눈동자는 충혈되어 있었다.

"다른 곳이라면 스파이 짓을 하며 이것저것 조심스레 물어볼 수 있겠지만, 여기서는 안 될걸. 당신이 왜 이곳에 왔는지 나는 어제 이미 알았어."

"잘못된 상상입니다!"

의사가 경쾌하게 웃었다.

"그러니까 내가 스파이일 거라고 추측하고 있군요?"

"그렇소……. 스파이거나, 내 심중을 떠보려고 파견된 의사거나, 모두 그게 그거지."

"아, 미안하지만…… 당신은 정말 별난 사람이군!"

의사는 침대 옆 등받이가 없는 의자에 앉아 책망하듯 고개를 흔들었다.

"그렇게 말한다면, 당신이 옳다고 해 봅시다."

의사가 말했다.

"내가 배신해서 경찰에 넘기려고 당신 말꼬리를 잡는다고 가정해 봅시다. 당신은 체포되어 재판을 받게 되겠지요. 하지만, 법정과 감옥이 이곳 병동보다 더 좋을까요? 아니면 유형을 가게 된다거나 강제 노동을 하게 된다 해도 이 병동에 갇혀 있는 것보다 더 나쁠까요? 나는 더 나쁘다고 생각하지 않습니다……. 그런데 대체 무엇이 그리 두려운 겁니까?"

의사의 말이 이반 드미트리치를 움직인 것 같았다. 그는 조용히 일어나 앉았다.

오후 4시가 지나고 있었다. 그 시간은 대개 안드레이 예피미치가 자신의 방에서 서성대며, 하녀 다류시카가 맥주를 마시겠냐고 묻는 시각이었다. 밖은 청명하고 고요한 날씨였다.

"나는 점심 식사 후 산책을 하러 나왔다가 이렇게 보다시피 이곳에 들른 겁니다."

의사가 말했다.

"이제 완연한 봄이 되었습니다."

"지금은 몇 월이죠? 3월이 맞나요?"

이반 드미트리치가 물었다.

"예, 3월 말입니다."

"밖의 땅은 질척거리겠군요."

"아니요, 그렇게 질척거리지는 않습니다. 길도 이미 나 있습니다."

"마차를 타고 밖으로 나간다면 얼마나 좋을까."

이반 드미트리치가 마치 잠에 취한 듯이 붉은 눈을 비비며 말했다.

"그리고 집으로 돌아가 따뜻하고 안락한 서재에서…… 게다가, 훌륭한 의사에게 내 두통을 치료받을 수 있다면……. 이곳은 너무 혐오스러워! 견딜 수 없을 만큼 혐오스럽다고!"

어제 너무도 흥분했기 때문에 그는 지치고 무기력해져서 힘겹게 이야기를 했다. 손끝은 떨렸고 두통으로 얼굴은 일그러져 있었다.

"따뜻하고 안락한 서재와 이 병동 사이에는 별로 차이가 없습니다."

안드레이 예피미치가 말했다.

"사람들이 느끼는 평화와 만족은 바깥이 아닌 그 안에 있으니까요."

"무슨 뜻이죠?"

"대개 평범한 사람들은 좋거나 나쁘거나 한 원인을 자기 밖에서 찾습니다. 마차가 어떻고 서재가 어떻고 하면서요. 하지만 사유할 줄 아는 사람은 모든 원인을 내 안에서 찾고 구한답니다."

"흥, 그런 철학은 따뜻하고 등자 향이 퍼지고 있는 그리스에가서 떠드시지. 이곳 기후랑은 맞지 않으니까. 내가 누구하고 디오

99

게네스를 얘기했던가? 아, 당신이었던가?"

"그렇습니다. 어제 나와 이야기를 했습니다."

"디오게네스에게는 서재도 따뜻한 집도 필요 없었어. 당신도 알다시피 그곳은 더우니까. 나무통 속에 누워서 오렌지와 올리브 열매를 먹을 수 있었지. 하지만 러시아에 와서 살라고 했다면, 그는 12월은 고사하고 5월에도 방 안으로 들어가겠다고 난리를 쳤을 거요. 추위는 아무도 견딜 수 없어."

"그렇지 않습니다. 추위는 물론이고 다른 고통도 느끼지 않을 수 있습니다. 마르쿠스 아우렐리우스가 말했습니다. '고통은 고통에 대한 살아 있는 관념이다. 의지를 가지고 관념을 바꾸기 위해 노력하라, 관념을 버려라, 불평을 그쳐라, 그러면 고통이 사라질 것이다.' 맞는 말입니다. 현인, 아니 그렇게 훌륭한 사람이 아니더라도 사상이 있고 생각이 많은 사람은 괴로움을 멀리할 줄 안다는 점에서 다른 평범한 사람들과 다르지요. 그런 사람은 늘 만족하고 있고, 어떤 일에도 놀라지 않습니다."

"그러니까, 나는 멍청이로군. 언제나 괴로워하고 불만에 차 있고 사람들의 비열함에 치를 떠니까 말이오."

"괜한 말입니다. 당신이 조금 더 사유한다면 우리를 자극하는 외부의 모든 것들이 별 가치가 없다는 것을 알게 될 겁니다. 인

100

생을 이성적으로 바라보아야 합니다. 그 속에 진정한 기쁨이 존재하니까요."

"이성적 이해라……."

이반 드미트리치가 인상을 썼다.

"외부의 것과 내부의 것이라……. 미안하지만 나는 그런 말은 통 이해할 수 없소. 내가 아는 것은……."

그는 화가 난 듯 일어나 의사를 쏘아보았다.

"내가 아는 신은 신이 나를 뜨거운 피와 신경으로 만들었다는 것이오. 그렇소! 유기적인 조직체는 죽지 않는다면 모든 자극에 반응해야 합니다. 그래서 나는 이렇게 반응하고 있는 것이오! 고통을 대하면 나는 비명과 눈물로 응답합니다. 비열함을 보았을 때는 분노로 반응하고 혐오스러운 것을 보았을 때는 구역질을 느낍니다. 내가 생각하기에 이것이야 말로 살아 있는 삶이라 생각하오. 저급한 유기체일수록 감각이 무디고 자극에 반응하지 않습니다. 고등한 유기체일수록 더 예민하고 더 활발하게 현실에 반응합니다. 어찌 이런 사실을 모른단 말입니까? 의사 선생, 이렇게 간단한 것도 모르고 있나요? 고통을 무시한 채 언제나 만족하고 어떤 일에도 놀라지 않기 위해서는 그러한 상태에 도달해야 합니다."

이반 드미트리치가 기름기 흐르는 뚱뚱한 농부를 가리켰다.

"그것도 아니면 고통에 대한 모든 감각을 잃어버리도록 자신을 훈련시켜야 하지요. 다른 말로 하면 삶을 포기하는 겁니다. 미안하지만, 나는 현인도 철학자도 아닙니다."

이반 드미트리치가 짜증스럽게 말을 이었다.

"그래서 난 그런 현인도 철학자도 될 수 없습니다."

이반 드미트리치가 짜증스럽게 다시 말을 이었다.

"결국 난 아무것도 이해할 수 없습니다. 나는 이성적으로 이해할 만한 사람이 못 됩니다."

"그렇지 않습니다. 당신은 아주 훌륭하게 이성적으로 판단하고 있습니다."

"당신이 말하는 스토아 철학자들은 뛰어난 학자들이었겠지만, 그들의 학설은 2,000년 전에 이미 소멸되어 앞으로도 아무 진전이 없을 겁니다. 그 철학은 실용적이지 못하고 또한 생명력도 가지고 있지 않습니다. 학설이라고 무조건 탐닉하고 연구하는 소수의 사람들에게서만 인정을 받았을 뿐, 대부분의 사람들은 무슨 말인지 이해하지 못하고 있습니다. 왜냐하면 대부분의 사람들은 생활다운 생활, 즉 쾌적한 생활을 알지 못하기 때문입니다. 그리고 고통을 멀리하라는 것은 대부분의 사람들에게 삶 자체를 포기하라는 뜻이 됩니다. 사람이라는 존재는 굶주림, 추위, 모욕, 상실, 죽음에 대해 햄릿처럼 공포와 두려움을 느끼도록 만들어져 있기 때문입니다. 이러한 느낌 안에 삶이 존재합니다. 삶을 힘들어할 수도 있고 삶을 싫어할 수도 있지만, 무시할 수는 없습니다. 바로 그렇기 때문에, 당신도 알다시피, 삶이 시작된 이래로 지금까지 투쟁하고 또 아픔에 대해 반응하고, 또 자극에 대해 반응하는 능력을 가지고 있는 것입니다."

이반 드미트리치가 갑자기 말문을 닫더니 짜증스럽게 이마를 문질렀다.

"중요한 이야기가 있었는데 생각이 나질 않아."

그가 말했다.

"내가 무슨 말을 하려고 했지? 아, 그렇지! 내가 하려던 말은, 스토아학파 누군가가 가까운 사람이 노예로 끌려가는 것을 막기 위해 자기 자신을 노예로 팔았다는 이야기입니다. 그것이 바로, 스토아 철학자도 자극에 반응했다는 증거입니다. 가까운 사람을 위해 자신을 낮추는 그런 고결한 행위를 하려면 분명히 분노하는 마음과 동정이 필요하기 때문입니다. 나는 공부한 모든 것을 이곳 감옥에서 모두 잊어버렸습니다. 여기가 아닌 밖이었다면 조금 더 기억해 낼 수 있었을 텐데. 그렇지, 그리스도는 어땠습니까? 그리스도는 울기도 하고, 웃기도 하고, 슬퍼하기도 하고, 화를 내기도 하고 그것도 아니면 괴로워하기도 하면서 현실을 마주했습니다. 그분은 고통을 미소로 맞이하지 않았습니다. 죽음을 무시하지도 않았습니다. 겟세마네 동산에서는 '이 잔을 거두어 주소서.' 하고 기도를 드렸습니다."

이반 드미트리치가 웃으며 앉았다.

"사람의 평화와 만족은 외부에만 있지 않고 그 내부에도 있다고 합니다."

그가 말했다.

"고통을 무시하고 어떤 일에도 놀라지 않아야 한다고 칩시다. 하지만 당신은 대체 무슨 근거로 이와 같은 것을 가르치려는 겁니까? 당신이 현인, 아니 철학자라도 됩니까?"

"나는 철학자가 아닙니다. 하지만 누구나 이와 같은 것을 가르칠 수 있습니다. 이치에 맞는 말이니까요."

"아닙니다. 내가 알고 싶은 것은, 이성적인 이해니 고통에 대한 무시니 하는 문제를 다룰 자격이 자신에게 있다고 당신 스스로 생각하는 근거입니다. 당신은 한 번이라도 괴로운 적이 없었나요? 고통이 어떤 건지 알기나 합니까? 어렸을 때 매를 맞아 운 적이 있나요?"

"없습니다. 제 부모님은 체벌이 나쁘다고 말씀하셨습니다."

"나는 아버지에게 채찍으로 심하게 맞으며 자랐습니다. 아버지는 엄격한 관리셨지요. 치질을 앓고 있었고, 목 주변은 노랗고 코는 길었습니다. 당신 이야기나 하지요. 지금까지 살아오면서 당신에게 그 누구도 손가락 하나 대지 않았고, 화를 내거나 때리지도 않았습니다. 당신은 마치 황소처럼 건장합니다. 아버지의 보호 속에서 자라며 아버지의 돈으로 공부를 했고 이어 안정된 직장도 얻었습니다. 그리고 20년 이상을 난방 시설이 잘되어 있는 하녀가 딸린 집에서 살았고, 마음이 내키면 일을 하지 않을 수도 있는 자유로운 생활을 했습니다. 태생적으로 당신은 게으르고 나태한 사람이라서, 어떠한 방해도 받지 않으려 했을 것이고 또 그 생활을 유지하기 위해 애썼을 겁니다. 당신은 보조 의사와 쓰레기 같은 인간들에게 일을 미룬 채 따뜻하고 조용한 곳에 앉아 돈을 세며 책을 읽거나 고상하지만 별로 쓸모가 없는 여러 가지 생각이나 즐기고, 그리고 (이때 이반 드미트리치가 의사의 붉은 코를 슬쩍 쳐다봤다.) 술이나 홀짝거렸겠지요. 한마디로, 당신은 삶이 어떤 것인지 본 적이 없고, 삶이 무엇인지 전혀 모릅니다. 다만 이론적으로만 알고 현실을 볼 뿐이지요. 당신이 고통을 무시하고 어떤 일에도 놀라지 않는 것은 아주 단순한 이유 때문입니다. 헛된 현세니, 삶과 고통과 죽음에 대한 내적이고 외적인 무시니, 이성적인 이해니, 진정한 축복이니 하는 것들은 모두 러시아의 게으름뱅이들에게나 어울리는 넋두리입니다. 예를 들어 말입니다. 농부가 아내를 때리는 광경을 당신이 보았다고 합시다. 무엇 때문에 참견을 할까? 때리도록 그냥 내버려두지. 그래, 이러나저러나 두 사람 다 언젠가는 죽을 테니까. 게다가 맞는 아내가 아니라 때리는 농부 스스로가 아내를 때렸다는 사실 때문에 후회할 텐데. 술을 마시고 취하는 것은 한심스러운 일이지만 술을 마시든 마시지 않든 죽는 것은 마찬가지다. 아낙이 와서 이가 아프다고 한다……. 그런데 그게 뭐 어쨌단 말인가? 고통은 고통에 대한 관념이고, 더군다나 아프지 않고서는 이 세상을 살 수 없고 누구나 어차피 죽는 건데, 그러니 내가 사색을 하고 보드카를 마시는 걸 방해하지 말고 어서 돌아가시오. 젊은 사람이 무엇을 하고 어떻게 살아야 하는가 하고 조언을 구합니다. 다른 사람이라면 대답을 하기 전에 생각을 하겠지만, 당신은 이미 답을 알고 있습니다. 이성적인 이해 아니면 진정한 축복을 얻도록 노력하세요. 그런데 도대체 그 기괴한 '진정한 축복'이란 무엇이오? 물론 대답은 없습니다. 우리가 이곳 쇠창살 안에 갇혀 격리된 채 학대받지만, 그러나 그것은 훌륭하고 이치에 맞는 일입니다. 왜냐하면 이 병동과 따뜻하고 안락한 서재 사이에는 아무런 관련이 없으니까. 이것 참 편리한 철학입니다. 아무것도 하지 않으면서, 양심이 깨끗한 현인이라도 된 듯한 기분을 느낄 수 있으니 말입니다……. 이보시오, 이것은 철학도 사색도 넓은 견해도 아니오, 게으름이고, 무기력이고, 잠에 취한 무감각이란 말입니다……. 그렇지 않소!"

이반 드미트리치가 다시 화를 냈다.

"고통을 무시한다지만, 당신도 손가락이 문에 끼면 미치도록 비명을 지르고 말걸!"

"아니, 비명을 지르지 않을 수도 있지요."

안드레이 예피미치가 상냥한 미소를 지으며 말했다.

"그래, 그러시겠지! 하지만 만약 당신이 중풍으로 쓰러져 어떤 무식한 놈이 자신의 지위나 직급을 이용해 당신을 사람들 앞에서 모욕하고, 또 그러고도 그 사람이 처벌도 받지 않고 잘 지낸다는 것을 당신이 알게 되면, 그런 경우가 닥친다면, 당신이 지금처럼 다른 사람들에게 이성적인 이해니 진정한 축복이니 하고 충고하는 것이 얼마나 어리석은 일인지 잘 알게 될 것이오."

"아주 참신한 생각이군요."

얼굴에 미소를 띤 안드레이 예피미치가 만족스럽게 두 손을 문지르며 말했다.

"당신의 그 일반화된 이야기와 취향에 정말 감탄했습니다. 그리고 지금까지 이야기한 저에 관한 적절한 예 또한 무척 뛰어납니다. 그런데 지금까지는 내가 당신의 말을 경청했으니, 이제는 당신이 나의 말을 경청하는 건 어떨까요……."

11

이들의 대화는 한 시간이 넘게 지속되었고, 안드레이 예피미치에게 깊은 인상을 준 것 같았다. 그는 별채를 매일 다녀가기 시작했다. 오전이나 점심 식사 후에 그곳에 들러 몇 번씩이나 주위가 어두워질 때까지 이반 드미트리치와 이야기를 나눴다. 처음 이반 드미트리치는 그를 피하며 그의 심중을 의심했으나, 점차 의사에게 익숙해져서 더는 매섭게 대하지 않고 관대하면서도 비꼬는 태도를 보였다.

의사 안드레이 예피미치가 6호 병동을 찾아간다는 소문은 금세 병원 안에 퍼졌다. 아무도, 보조 의사도, 니키타도, 간호보조원들도 그가 그곳에 왜 가는지, 또 무슨 이유로 몇 시간씩 그곳에 머무르는지, 무엇을 이야기하는지, 어째서 처방전을 쓰지 않는지 그 이유를 알지 못했다. 그의 행동은 모두에게 이상하게 비쳤다. 미하일 아베랴니치는 예전과 달리 집으로 그를 찾아가도 그의 얼굴을 보지 못했고, 다류시카는 정해진 시간에 의사가 더는 맥주를 마시지 않고 심지어 가끔씩 식사 시간에 늦는 것을 당혹스러워했다.

6월도 모두 지나간 어느 날, 의사 호보토프가 일이 있어 안드레이 예피미치를 방문했다. 하지만 집에서 그를 만나지 못해 병원 마당으로 갔다. 그곳에서 선임 의사로부터 그가 정신병동에 갔다는 이야기를 전해 들었다. 별채로 들어서려던 호보토프가 이야기를 엿듣게 되었다.

"우리는 결코 협조를 할 수 없으며, 당신의 신념에 따르도록 나를 바꾸는 일 또한 성공하지 못할 것입니다."

이반 드미트리치가 화를 내며 말했다.

"당신은 현실을 전혀 모릅니다. 한 번도 고통을 받아 본 적이 없기 때문이죠. 마치 기생충처럼 고통받는 사람들 옆에서 배불리 포식하고 살았습니다. 하지만 나는 태어나서 지금까지 끊임없이 고통을 받으며 살았습니다. 솔직하게 말하면, 모든 점에서 당신보다 내가 더 뛰어나며 또 많이 알고 있다고 생각합니다. 그러니 나를 가르치려 들지 마십시오."

"나의 신념을 따르게 하려고 당신을 변화시킬 생각은 추호도 없습니다."

안드레이 예피미치는 상대가 자신의 생각을 이해하려고 하지 않자 안타까워하며 나지막하게 말했다.

"그리고 문제는 그게 아니란 말입니다, 친구. 문제는 당신은 현재 고통을 받고 있는데 나는 고통받지 않는다는 것에 있지 않습니다. 고통과 기쁨은 순간입니다. 그런 것들에 신경 쓸 필요가 없단 말이지요. 중요한 것은 바로 당신이나 내가 생각을 한다는 것입니다. 우리는 다른 사람들을 통해 우리가 생각하고 판단하는 능력이 있다는 것을 알게 됩니다. 이것이 우리를 연결해 주지요. 아무리 의견이 다르더라도 말입니다. 이보시오, 친구, 곳곳에 널려 있는 광기와 재능 없는 것들에 대해 내가 얼마나 지쳐 있는지, 그리고 당신과 이야기하는 것이 얼마나 기쁜지 좀 알아줬으면 좋겠습니다! 당신은 지적인 사람입니다. 나는 당신과 알고 지낸다는 사실이 정말로 즐겁습니다."

호보토프는 문을 1베르쇼크(미터법을 쓰기 전 러시아의 길이 단위. 1베르쇼크는 4.445센티미터_옮긴이)정도 열고 병동 안을 살펴보았다. 나이트캡을 쓴 이반 드미트리치와 의사 안드레이 예피미치가 침대 위에 나란히 앉아 있었다. 미치광이는 얼굴을 찡그린 채 몸을 떨면서 불안한 듯 환자복을 만지고 있었고, 의사는 고개를 숙인 채 움직이지 않았다. 상기된 의사의 얼굴은 무기력하고 슬퍼 보였다. 호보토프는 어깨를 으쓱하며 미소를 지었다. 그러고는 니키타와 눈짓을 주고받았다. 니키타 역시 어깨를 으쓱했다.

"우리 영감님께서 아주 미친 것 같아!"

호보토프가 별채에서 나오며 말했다.

"주님, 죄 많은 우리를 불쌍히 여기소서!"

종교적인 인물 세르게이가 깨끗이 닦아 놓은 장화를 더럽히지 않으려고 웅덩이를 조심스럽게 피해 걸으면서 한숨을 내쉬었다.

"이제야 말씀드리지만, 존경하는 예브게니 표도리치 씨, 나는 이미 오래전부터 이렇게 될 것을 알았습니다."

12

이 일이 생긴 후, 안드레이 예피미치는 주변이 조용히 변하고 있다는 것을 알아챘다. 병원의 잡역부들과 간호보조원들 그리고 환자들이 그와 마주치면 그를 이상하다는 듯이 바라보고 나서 서로 귓속말을 했다. 안드레이 예피미치가 그동안 병원 뜰에서 만나면 좋아했던 사무장의 딸 마샤라는 꼬마는 이제 머리를 만져 주려고 미소를 지으며 다가오는 그를 피해 슬그머니 도망갔다. 우체국장 미하일 아베랴니치는 그의 말을 듣고도 더는 "정말 그렇습니다."라고 말하지 않고, 난처한 표정을 지으며 그저 "네, 네, 네……." 하고 마지못해 대답하면서 그를 우울하고 슬픈 표정으로 바라보았다. 게다가 무슨 이유에서인지 미하일 아베랴니치는 의사에게 보드카와 맥주를 그만 마셨으면 좋겠다고 말했다. 하지만 이 충고를 직설적으로 말하진 않고, 넌지시 에둘러 말하길, 훌륭한 대대장과 연대에 배속된 젊은 사제가 있었는데 술을 너무 마셔서 병이 들었다가 술을 끊은 후에 건강을 되찾았다는 이야기로 대신했다. 동료 의사 호보토프는 두세 번 안드레이 예피미치를 찾아와, 마찬가지로 술을 그만 마시라고 충고했고, 뚜렷한 이유도 없이 브롬화칼륨을 복용하라고 권했다.

8월에 안드레이 예피미치는 시장으로부터 한 통의 편지를 받았다. 매우 중요한 일이 있으니 방문해 달라는 내용이었다. 약속된 시간에 시청에 도착하니, 한 뚱뚱한 금발의 신사가 연대장, 장학관, 시의원, 호보토프, 그리고 안드레이 예피미치에게 자신을 의사라며 소개했다. 이 신사는 폴란드 사람으로 발음하기도 힘든 성을 가지고 있었는데 도시에서 30베르스타 떨어진 종마 사육장 근처에 산다고 했다. 그리고 오늘은 지나가는 길에 들렀다고 했다.

"이것은 선생의 병원에 관한 신청 서류입니다."

서로 인사를 나누고 각자의 자리에 앉은 다음, 시의원이 안드레이 예피미치를 향해 말했다.

"여기 예브게니 표도리치 씨 이야기에 따르면, 중앙 병동에 있는 약국이 협소해 별채로 옮겨야겠다고 하시더군요. 옮기는 일은 어렵지 않습니다. 문제는 그러려면 별채를 수리해야 한다는 사실입니다."

"예, 수리해야겠지요."

안드레이 예피미치가 잠시 생각을 한 뒤 말했다.

"구석에 있는 별채를 약국을 위해 수리한다면, 예상컨대 적어도 500루블은 들 겁니다. 결코 바람직하지 않은 지출입니다."

삼시 침묵이 흘렀다.

"10년 전에도 보고했습니다만……."

안드레이 예피미치가 작은 목소리로 말을 이었다.

"시의 예산 규모로 따진다면, 이 병원은 현 상태로도 사치스럽습니다. 40년대에 지었으니까요. 모두가 아시다시피 당시에는 더 큰돈을 썼습니다. 시는 불필요한 건물과 여분의 직무에 지나치게 많은 돈을 쓰고 있습니다. 제가 생각하건대, 지출 체계를 바꾼다면 그 돈으로 더 좋은 병원을 두 개나 운영할 수 있을 것이라 봅니다."

"그렇다면 다른 체계를 도입합시다!"

시의원이 큰 목소리로 활기차게 말했다.

"내가 전에 제안했듯이, 의료 부분을 젬스트보 소관으로 넘깁시다."

"예, 젬스트보에 돈을 주는 건 좋습니다. 문제는 그 돈을 도둑질당한다는 거지요."

금발의 의사가 웃었다.

"언제나 그래 왔지요."

시의원도 동의하며 웃었다.

안드레이 예피미치는 나른하고 멍한 눈으로 금발의 의사를 바라보며 말했다.

"정의로워야 합니다."

다시 침묵이 흘렀다. 차가 나왔다. 어떤 이유에선지 무척이나 당황한 연대장이 테이블 너머로 안드레이 예피미치의 손을 건드리며 말했다.

"의사 선생, 당신은 우리를 아예 잊고 있군요. 하긴 당신은 성직자 같아서 카드나 여자는 좋아하지도 않으니 우리 같은 사람들은 재미도 없겠지요."

모두가, 점잖은 사람이 이 도시에서 산다는 것이 얼마나 무료한 일인지를 이야기하기 시작했다. 극장도 음악도 없다. 최근 클럽에서 열린 무도회에 스무 명의 여인들이 모였다지만 남자 파트너는 고작 두 명뿐이었다. 젊은 남자들은 춤 대신 술집에 몰려가 카드놀이를 했다. 안드레이 예피미치가 느리고 작은 목소리로 아무도 쳐다보지 않고 다음과 같은 일들이 얼마나 안타깝고 안타까운지를 말하기 시작했다. 도시에 사는 사람들은 자신의 생활 에너지와 감성 그리고 소중한 지성을 쓸데없는 잡담과 카드놀이에 허비한다. 흥미로운 대화와 독서로 시간을 보낼 생각이나 능력도 없다. 지적인 것을 만남으로써 누릴 수 있는 즐거움도 멀리한다. 오직 지성만이 최고이며 그 나머지는 모두 하찮고보살것없는데 말이다. 호보토프는 동료 의사의 말을 주의 깊게 듣다가 대뜸 이렇게 질문했다.

"안드레이 예피미치 선생님, 오늘이 며칠입니까?"

대답을 들은 호보토프와 금발의 의사가 차례대로 물었다. 마

115

치 자기 자신을 졸렬하다고 느끼는 시험관의 톤으로, 오늘이 무슨 요일인가, 1년에는 며칠이 있는가, 6호 병동에 뛰어난 예언자가 산다고 하던데 그게 사실인가 하고 말이다.

마지막 질문을 들은 안드레이 예피미치가 얼굴을 붉히며 대답했다.

"그렇습니다, 환자긴 하지만 무척 재밌는 젊은이입니다."

그들은 더 이상 아무것도 묻지 않았다.

안드레이 예피미치가 현관에서 옷을 입고 있을 때, 연대장이 그의 어깨에 손을 얹었다. 그리고 한숨을 내쉬며 말했다.

"우리처럼 나이 든 사람들은 이제 그만둘 때가 됐소!"

시청을 나온 안드레이 예피미치는 이 위원회가 자신의 정신 평가를 위해 열렸다는 것을 깨달았다. 그는 자신이 받은 질문을 떠올리고는 얼굴을 붉혔다. 그리고 태어나서 처음으로 의학에 대해 씁쓸한 생각이 들었다.

'아, 이런.'

그는 조금 전 두 의사가 자신을 실험하던 모습을 떠올리며 생각했다.

'정신의학을 알면 얼마나 안다고 나를 실험하려 들다니. 어쩌면 그렇게 무식할 수 있단 말인가? 정신의학에 대한 개념도 모르

면서!'

태어나서 처음으로 그는 분노와 모욕을 느꼈다.

그날 저녁, 미하일 아베랴니치가 찾아왔다. 우체국장은 인사도 하지 않고 그에게 다가와 두 손을 꼭 잡고는 흥분한 목소리로 말했다.

"이보시오, 나의 친구. 당신이 나의 진심 어린 마음을 믿어 주고 또 나를 친구로 여기고 있다는 것을 보여 주길 바라오……. 나의 친구!"

그는 안드레이 예피미치의 말을 막으면서 흥분한 채 말을 이었다.

"나는 당신이 받은 교육과 고결한 정신을 사랑합니다. 그러니제발 나의 말을 들어 주시오. 의사들은 과학이란 법칙에 얽매여당신에게 진실이 아닌 거짓을 말하고 있지만, 나는 군인 출신답게 시원하게 말하겠소. 당신은 건강하지 못합니다! 부디 나를용서하시오, 나의 친구. 하지만 이것은 사실이오. 주위 사람들모두가 알고 있는 사실이란 말이오. 호보토프 선생이 조금 전에 나에게 말했다오. 당신이 건강을 회복하기 위해선 기분 전환을 해야 한다고 말이오. 맞는 말입니다! 차라리 잘된 일입니다! 최근에 나도 휴가를 얻어, 새로운 공기를 쐬러 가려던 참이었습니다. 당신이 나의 친구라는 것을 보여 줄 기회가 왔습니다. 자, 함께 떠납시다! 함께 떠나서 이곳의 지나간 일들은 모두 다 잊고 돌아옵시다."

"나는 아주 건강합니다."

안드레이 예피미치가 잠시 생각한 뒤에 말했다.

"여행을 떠날 수 없습니다. 당신께는 다른 방법으로 나의 우정을 보여 드리겠습니다."

특별한 이유도 없이 책도 다류시카도 맥주도 없는 곳으로 여행한다는 것이 처음에는 황당스럽고 야만스럽게 느껴졌다. 또한 지난 20년 동안 쌓아 올린 질서가 무너진다는 생각도 들었다. 하지만 시청에서 나눴던 황당한 대화와 집으로 돌아올 때 느꼈던 씁쓸한 기분이 떠오르자, 자신을 미치광이로 내모는 이 도시를 잠시 동안 떠나 있는 것도 괜찮겠다는 생각이 들어서 미소를 지었다.

"그럼, 어디로 여행을 떠날 예정이셨나요?"

안드레이 예피미치는 그에게 물었다.

"모스크바와 페테르부르크와 바르샤바로 갈까 생각 중입니다……. 바르샤바에서 나는 내 생애 가장 행복한 5년을 보냈습니다. 정말로 멋진 도시지요! 우리 함께 떠납시다!"

13

일주일 뒤 안드레이 예피미치는 쉬라는 제안을 받았다. 그 말은 곧 퇴직하라는 뜻이었지만 그는 신경 쓰지 않았다. 그리고 다시 일주일 뒤, 그와 미하일 아베랴니치는 우편 마차에 앉아 가까운 기차역으로 향하고 있었다. 파란 하늘이 멀리까지 선명하게 보이는 서늘하고 맑은 날이었다. 200베르스타 떨어진 역까지 가는 데 꼬박 이틀이나 걸렸고, 가는 도중에 두 번이나 잠을 잤다. 역참에서 지저분한 컵에 차가 나오거나 마차에 말을 매는 일이 지체되면, 미하일 아베랴니치는 얼굴을 붉히며 불같이 화를 냈다. "입 닥쳐! 딴소리하지 말란 말이야!" 마차에 앉아 있을 때는 쉴 틈도 주지 않고 캅카스와 폴란드를 여행한 이야기를 했다. 온갖 기이한 사건들과 여러 만남들! 그는 큰 목소리로 말했고 마치 거짓말이라도 하는 것처럼 눈동자를 굴렸다. 뿐만 아니라, 이야기를 하면서도 안드레이 예피미치의 얼굴에 대고 숨을 내쉬었고 귀에 대고 깔깔 웃었다. 이런 모든 일이 의사를 괴롭게하고, 정신을 모아 집중할 시간을 주지 않았다.

그들은 돈을 아낄 생각으로 3등 금연 열차를 타고 철도 여행을 했다. 승객의 반은 깨끗한 사람들이었다. 미하일 아베랴니치는 어느새 모든 승객과 친해져서 좌석을 옮겨 다니며 큰 소리로 이야기했다. 불편한 철도로 여행을 하는 게 아니었다. 우리 주위에는 사기꾼뿐이다! 말을 타고 여행을 하면 다를 것이다. 하루에 100베르스타를 가뿐히 달리고 나면 기분이 무척 상쾌해질 것이다. 우리 지역에서 농작물이 안 된 이유는 핀란드의 늪을 간척했기 때문이다. 정말이지 끔찍한 관리들이 도처에 널려 있다. 그는 흥분해서 큰 소리로 말했고, 도무지 다른 사람들에게는 말할 기회를 주지 않았다. 안드레이 예피미치는 시끄럽게 웃는 소리와 어지러운 제스처가 뒤섞인 입담에 그만 지쳐 버렸다.

'우리 둘 중 누가 미친 거야?' 그는 짜증이 났다. '승객들에게 불편을 주지 않으려고 노력하는 나인가, 아니면 승객들 가운데 자신이 가장 지적이고 흥미로운 사람이라고 생각하고 다른 사람들을 괴롭히는 저 에고이스트인가?'

미하일 아베랴니치는 모스크바에서 견장이 없는 군용 프록코트와 붉은 줄무늬 바지를 샀다. 그는 챙이 있는 군인 모자를 쓰고 외투를 입고 거리를 걸어 다녔다. 그를 본 병사들은 그에게 경례를 했다. 안드레이 예피미치는 이제 그가 예전에 지니고 있던 귀족적인 가치 중에 좋은 것은 모두 잃어버리고 나쁜 것만 지니고 있다고 생각하게 되었다.

미하일 아베랴니치는 시도 때도 없이 사람들에게 자신을 시중 들게 했다. 성냥이 바로 앞 테이블에 있어도 성냥을 가져오라고 사람을 불렀다. 하녀가 있어도 아무렇지도 않게 속옷 차림으로 돌아다녔다. 나이가 많건 적건 모든 하인들에게 "너."라고 말했고, 화가 나면 "멍청한 놈, 바보 같은 놈."이라고 했다.

이런 행동은 안드레이 예피미치가 생각했던 것처럼 귀족적이긴 해도 몹시 추악해 보였다.

마하일 아베랴니치는 가장 먼저 친구를 이베르스카야 교회(성모 성상으로 유명한 모스크바에 있는 교회_옮긴이)로 이끌고 갔다. 그는 눈물을 흘리며 머리가 바닥에 닿도록 기도를 드린 뒤, 깊은 숨을 쉬며 입을 열었다.

"혹 신앙심이 없다 하더라도 기도를 드리면 마음이 편안해질 겁니다. 성상에 입을 맞춰 보시죠."

당황한 안드레이 예피미치가 성상에 입을 맞췄다. 미하일 아베랴니치는 입술을 내민 채 머리를 흔들며 기도를 했다. 그의 얼굴에 다시 눈물이 흘렀다. 그리고 그들은 크레믈리 성벽으로 가서 차르의 대포와 차르의 종(차르의 대포는 무게가 40톤으로 16세기에 주조되었고, 차르의 종은 무게가 200톤에 높이가 6미터로 18세기에 주조되었다. 이것들은 러시아 주조 기술의 기념물이다_옮긴이)을 구경하면서 직접 손으로 만져 보기도 했다. 강 건너 아름다운 경치에 흠뻑 취하기도 했고, 구세주 교회당과 루만체프 박물관도 둘러보았다.

점심은 테스토프에서 해결했다. 미하일 아베랴니치는 구레나룻을 잡아당기며 오랫동안 메뉴판을 들여다보았다. 그러고는 레스토랑을 집 안처럼 편안하게 여기는 식도락가의 목소리로 말했다.

"오늘 음식은 어떤지 좀 볼까!"

14

의사는 걷고 구경하며 먹고 마셨다. 하지만 그의 마음은 단 하나, 미하일 아베랴니치에 대한 불편함뿐이었다. 안드레이 예피미치는 친구로부터 벗어나 쉬고 싶었고, 그를 떠나 숨고 싶었지만 친구는 그에게 바짝 붙어 가능한 한 큰 즐거움을 주는 것이 자신의 의무라고 생각하고 있었다. 구경거리가 없을 때는 이야기로 그를 즐겁게 해 주려고 애썼다. 안드레이 예피미치는 이틀은 참았지만, 사흘째 되는 날에는 몸이 좋지 않다는 핑계로 숙소에 남겠다고 친구에게 말했다. 친구 또한 숙소에 남겠다고 말했다. 사실 휴식이 필요한 시기였다. 쉬지 않고는 다리가 아파서 견딜 수가 없었다. 안드레이 예피미치는 얼굴을 등받이 쪽으로 돌리고 소파에 누워, 친구의 말을 억지로 들었다. 미하일 아베랴니치는 '프랑스가 조만간 독일을 박살 낼 것이다', '모스크바에는 사기꾼이 넘친다', '말의 겉모습만 봐서는 말의 장점을 판단할 수 없다.'고 열심히 이야기했다. 의사는 귀가 아프고 심장이 뛰었지만, 마음이 약해 친구에게 나가라는 말을 차마 할 수 없었다. 다행히도 미하일 아베랴니치는 호텔 방에 있는 것이 지루했던지 점심 식사를 하고 나서 산책을 나갔다.

혼자 남은 안드레이 예피미치는 이제야 쉬는 기분이 들었다. 혼자서 소파 위에 움직이지 않고 누워 있다는 것은 얼마나 유쾌한 일인가! 진정한 행복은 고독 없이는 불가능하다. 타락한 천사가 하느님을 배반한 것도 다른 천사들이 모르는 고독을 원했기 때문일 것이다. 안드레이 예피미치는 며칠 동안 보고 들은 것을 기억해 내려 했지만 미하일 아베랴니치가 머릿속에서 떠나지 않았다.

'그 사람이 나와 함께 여행을 떠난 것은 물론 우정에서 시작한 마음이었겠지, 하지만……'

짜증이 난 의사가 생각했다.

'이런 우정의 보살핌은 그다지 좋지 않은 방법이야. 선량하고 착하고 쾌활한 사람처럼 보이지만 실상은 따분하기 짝이 없어. 참을 수 없을 만큼 따분해. 사람들 중에는, 이렇게 늘 멋지고 영리한 말을 하는 사람들이 있지. 하지만 그중에는 우둔한 느낌을 주는 사람들도 있어.'

머칠 동안 안드레이 예피미치는 몸 상태가 좋지 않다며 호텔 방에서 나가지 않았다. 그는 소파 등받이 쪽으로 얼굴을 돌리고 누워 친구의 기분 전환 이야기를 들으며 괴로워하다가, 친구가 밖으로 산책을 나가면 그제야 홀가분한 기분을 느꼈다. 그는 이 여행을 선택한 스스로에게 화가 났으며, 날이 갈수록 허물도 없어지고 말이 많아지는 친구가 짜증스러웠다. 그에게서는 진지함도 고상함도 기대할 수 없었다.

'이것이 이반 드미트리치가 말했던, 내가 현실에 굴복한다는 건가.'

의사는 대범하지 못한 스스로에게 화가 나서 생각했다.

'하지만 부질없는 일이야……. 그래, 집으로 돌아가면 모든 것이 예전 그대로 될 거야…….'

페테르부르크에 가서도 상황은 변하지 않았다. 그는 하루 종일 호텔 방에 머물렀고, 소파 위에 누워 맥주를 마실 때만 일어났다.

미하일 아베랴니치는 계속해서 바르샤바로 가자고 졸랐다.

"무슨 이유로 그곳에 가야 합니까?"

안드레이 예피미치가 부탁하듯 말했다.

"난 집으로 돌아가겠습니다. 그러니 혼자 가요. 부탁합니다!"

"무슨 일이 있어도 그럴 순 없습니다!"

미하일 아베랴니치가 말했다.

"정말로 멋진 도시입니다. 나는 그곳에서 가장 아름다운 5년을 보냈습니다!"

안드레이 예피미치는 자기주장을 끝까지 펼 만큼 고집이 매우 센 편은 아니었다. 그는 결국 바르샤바에 갔다. 그곳에서도 그는 호텔 방에서 나가지 않고 소파에 누워만 있었다. 그리고 자기 자신과 친구와 러시아어를 이해하지 못한다고 버티는 웨이터에게 화가 났다.

미하일 아베랴니치는 늘 그랬듯이 건강하고 활기찼으며, 아침부터 저녁까지 온 도시를 헤매고 다니며 옛 친구들을 찾아다녔다. 그는 몇 번인가 숙소에 들어오지 않았다. 어느 이른 아침이었다. 어디선가 밤을 새우고 돌아온 그는 매우 흥분한 상태였는데, 머리는 엉클어지고 얼굴은 상기되어 있었다. 그는 뭐라 중얼거리며 오랫동안 방 안을 서성이다가 우뚝 멈춰 서더니 이렇게 지껄였다.

"누가 뭐래도 명예가 최고야!"

그는 다시 방을 서성이더니 머리를 감싸 안고는 비통한 목소리로 중얼거렸다.

"그래, 명예지, 명예! 제기랄, 이런 바빌론에 오려고 했던 내가 실수였어! 이보시오."

그가 의사를 불렀다.

"나를 경멸해 주시오. 글쎄 내가 노름으로 돈을 모두 날려 버렸소. 500루블만 빌려 줄 수 있겠소?"

안드레이 예피미치는 말없이 500루블을 세어서 친구에게 주었다. 분노와 수치심으로 상기된 그는 필요도 없는 맹세를 하고는 군인 모자를 쓰고 밖으로 나갔다. 두 시간이 좀 지났을까. 다시 돌아온 그는 안락의자에 쓰러지듯 앉더니 큰 소리로 한숨을 쉬며 말했다.

"명예는 되찾았어! 자, 친구여 이제는 떠납시다! 이 저주받을 도시에 조금도 더 머물고 싶은 생각이 없소. 사기꾼들, 오스트리아의 스파이들 같으니라고!"

두 사람이 도시에 돌아왔을 때는 이미 11월이었다. 거리에는 눈이 많이 쌓여 있었다. 안드레이 예피미치의 자리에는 호보토프가 앉아 있었다.

호보토프는 안드레이 예피미치가 돌아와 병원의 관사를 치워주기를 기다리며 아직도 예전에 자신이 살던 집에서 살고 있었다. 그가 부엌일을 하는 하녀라고 소개했던 못생긴 여자는 이미 병원 안에서 기거하고 있었다.

도시에는 병원에 관한 새로운 소문이 퍼져 있었다. 그 못생긴 여자가 사무장과 싸웠는데, 사무장이 여자 앞에서 무릎을 꿇고 용서를 빌었다는 소문이었다.

안드레이 예피미치는 도착한 첫날 새로운 집을 구해야 했다.

"친구여."

우체국장이 눈치를 보며 조심스럽게 말을 꺼냈다.

"지금 내가 하는 무례한 말을 용서하시오. 그러니까…… 돈은 얼마나 있나요?"

안드레이 예피미치는 말없이 돈을 세고 말했다.

"86루블입니다."

"내 말은 그것이 아니라……."

미하일 아베랴니치는 다시 우물거리며 물었다.

"내 말은, 당신의 전 재산이 얼마나 되냐는 물음입니다."

"말씀드렸다시피, 86루블이 전부입니다."

미하일 아베랴니치는 의사를 고매하고 정직한 사람으로 알고 있었다.

또한 적어도 그의 재산이 2만 루블은 될 것이라 상상했다. 하지만 안드레이 예피미치가 오갈 데 없는 빈털터리라는 것을 알게 되자, 어째서인지 그는 갑자기 울음을 터트리며 의사를 껴안았다.

15

안드레이 예피미치는 도시에 있는, 창문이 세 개밖에 없는 벨로바라는 여자의 작은 집에서 기거했다. 이 작은 집은 부엌을 빼고 방이 세 개밖에 없었다. 거리로 창문이 나 있는 두 개의 방을 의사가 썼고, 나머지 방 하나와 부엌에서는 다류시카와 집주인이 세 명의 아이들과 함께 기거했다. 가끔씩은 여주인에게 애인이 찾아와 자고 갔다. 그는 주정뱅이였는데, 술이 취하면 밤새 난폭하게 굴었다. 그래서 아이들과 다류시카는 공포에 떨어야 했다. 또한 그가 부엌에 와서 보드카를 내놓으라고 소리치면 모두가 어쩔 줄 몰라했다. 의사는 동정심에서, 우는 아이를 데려와 자신이 자는 방바닥에 재웠다. 이런 일이 그에게는 큰 만족감을 주었다.

예전처럼 그는 8시에 일어나 차를 마시고 책상에 앉아서 오래된 책과 잡지를 읽었다. 그에게는 새 책을 살 돈이 없었다. 책이 낡은 탓인지 아니면 주변이 바뀐 탓인지 그는 독서에 전념하지 못했다. 시간을 헛되게 보내고 싶지 않아서 그는 자신이 가지고 있는 책 목록을 만들어 그 표를 책 표지 겉장에 붙였다. 세밀하면서도 반복적인 작업이 독서보다 흥미롭게 느껴졌다. 이렇게 단순한 작업이 신기하게도 그의 어지러운 생각을 잠재워서 아무 생각도 하지 않고도 시간은 빨리 지나갔다. 심지어 부엌에 앉아 다류시카와 함께 감자 껍질을 벗기거나 메밀에서 티를 골라내는 일도 재밌게 느껴졌다. 토요일과 일요일에는 교회에 갔다. 벽 옆에 서서 눈을 반쯤 감고 찬송가를 들으며, 아버지와 어머니 그리고 대학 시절과 종교에 관한 생각을 했다. 그는 편안하면서도 슬픈 미음이 들었다. 그러고는 예배가 너무 일찍 끝난 것을 서운해하며 교회를 나왔다.

그는 두 번씩이나 이야기를 하려고 이반 드미트리치를 방문했다. 하지만 두 번 모두 이반 드미트리치가 날뛰며 흥분했다. 이반 드미트리치는 이런 갑갑한 대화는 싫증나니 자신을 내버려 두라 말했고, 빌어먹을 놈들에게 자신이 받는 고통의 대가로 독방에 넣어 달라는 요청을 했다고 말했다. 이것마저 거절당해야 한단 말인가? 그는 두 번이나 저녁 인사를 하고 떠나는 안드레이 예피미치를 향해 이빨을 드러내며 말했다.

"악마한테나 떨어져라!"

이제 안드레이 예피미치는 다시 그를 찾아갈 것인가 말 것인가를 망설였다. 사실 그는 가고 싶었다.

오래전, 안드레이 예피미치는 점심 식사 후 방 안을 거닐며 생각에 잠겼지만, 지금은 점심때부터 저녁 차 마시는 시간까지 등받이 쪽으로 얼굴을 돌린 채 소파에 누워 별일도 아닌 잡생각에서 빠져나오지 못했다. 그는 20년을 넘게 근무했지만 연금도, 퇴직금도 받지 못한 채 쫓겨난 것에 대해 모욕감을 느꼈다. 사실 그가 성실히 근무한 것은 아니지만, 연금은 성실성과는 무관하게 나오는 것이 아닌가. 현대의 정의란 바로 관등과 훈장 그리고 연금이 도덕적인 자질 혹은 능력에 부여되는 것이 아니라 직장이 어디건 상관없이 모든 근로자에게 주어진다는 점에 있다.

그런데 그는 무슨 까닭으로 혼자만 예외가 되었을까? 그에게는 돈이 한 푼도 없었다. 그는 가게를 지나가는 것도 집주인과 마주치는 일도 부끄럽게 생각했다. 맥주 외상값이 이미 32루블이나 밀려 있었다. 집주인 벨로바에게도 지불해야 할 돈이 있었다. 다류시카는 몰래 헌 옷과 책을 내다 팔았고, 집주인에게는 의사가 곧 돈을 줄 것이라고 거짓말을 했다.

안드레이 예피미치는 저축해 두었던 1,000루블을 전부 여행 경비로 써 버린 자신에게 화가 났다. 그 1,000루블이 있었다면 지금 얼마나 유용했을까! 그는 사람들이 자신을 가만히 내버려 두지 않는 것에도 짜증이 났다. 호보토프는 병든 동료를 방문하는 일이 마땅하다고 생각했다. 안드레이 예피미치는 호보토프가 하는 모든 일이 역겨웠다. 기름기가 줄줄 흐르는 얼굴도, 너그러운 척하는 야비한 목소리도 '동료'라는 말도, 굽이 높은 장화도 모두 끔찍했다. 그 가운데 가장 끔찍한 것은 그가 안드레이 예피미치를 치료하는 것이 자신의 의무라 여기고, 또 실제로 치료하고 있다고 생각한다는 점이었다. 그는 방문할 때마다 브롬화칼륨이 든 작은 약병과 알약을 가져왔다.

미하일 아베랴니치도 친구를 방문하여 위로하는 일이 자신의 의무라고 생각했다. 그는 매번 안드레이 예피미치에게 와서 아무 일도 없는 것처럼 행동하며 웃고 떠들었다. 오늘은 안색이 좋다느니 하느님 덕분에 병이 낫고 있다느니 하는 소리를 그에게 강조해서 말했다. 이 말의 속뜻은 곧 미하일 아베랴니치가 친구의 상태를 가망이 없다고 여긴다는 뜻이었다. 그는 아직도 바르샤바에서 진 빚을 갚지 않았고, 그 얘기를 할 때마다 부끄럽다며 더 크게 웃으면서 다른 우스운 이야기를 하려고 애썼다. 그의 황당한 이야기는 끝이 없었고 안드레이 예피미치는 그 모든 것이 고통스러웠다.

그가 방문하면 안드레이 예피미치는 항상 소파에 누워 벽을 보며 그의 이야기를 억지로 들었다. 그의 마음에는 참을 수 없는 고통이 쌓이고 있었다. 그리고 친구가 방문하고 돌아갈 때 그 마음은 더 쌓여 목구멍까지 차오르는 기분을 느꼈다.

쓸데없는 감정을 억누르기 위해 그는 그 자신도, 호보토프도, 미하일 아베랴니치도 언젠가는 죽어 자연으로 돌아갈 것이라 생각했다.

생각해 보면, 1만 년 후에 어떤 영혼이 우주를 돌아다니다가 지구 옆을 스쳐 간다면, 분명히 흙덩이와 세월에 닳은 바위만 볼 것이다. 문화, 도덕, 규범 역시 모두 사라지고 우엉조차 자라지 못할 것이다.

가게 주인 앞에만 서면 느끼는 창피함이나 아무짝에도 쓸모없는 호보토프나 미하일 아베랴니치의 부담스러운 우정은 과연 무슨 의미가 있단 말인가? 모두 하찮고 소용없다.

그러나 이러한 논리와 생각도 아무 도움이 되지 못했다. 그가 1백만 년 후의 지구를 상상하자, 닳아 버린 바위 뒤에서 굽 높은 장화를 신은 호보토프가 얼굴을 내밀었다. 그리고 미하일 아베랴니치는 큰 소리로 호탕하게 웃으며 나타났는데 한순간 부끄러운 얼굴로 속삭였다.

"바르샤바에서 빌린 돈은 며칠 안으로 갚겠소, 반드시!"

16

어느 날, 미하일 아베랴니치가 점심 식사 후에 찾아왔다. 그때 안드레이 예피미치는 소파에 누워 있었다. 그리고 때마침 호보토프도 브롬화칼륨을 가지고 왔다. 안드레이 예피미치는 어렵게 몸을 일으키고 일어나 두 손으로 소파를 짚고 앉았다.

"아, 오늘은……."

미하일 아베랴니치가 입을 열었다.

"얼굴색이 어제보다 훨씬 좋군요. 잘됐습니다. 정말 좋은 일이에요!"

"이제 선생의 병이 완쾌되는 모양이오."

호보토프가 하품을 하며 말했다.

"그리고 이렇게 오래 끌어서는 안 되지요."

"분명 나을 겁니다!"

미하일 아베랴니치가 유쾌하게 말했다.

"앞으로 100년은 더 살 겁니다, 그렇고말고요!"

"뭐 100년까지는 무리겠지만, 20년은 충분합니다."

호보토프가 장담했다.

"아무것도 아닙니다, 그러니 기운을 차리세요……. 우울하게 지내지 마시고요."

"우리는 아직 건강합니다."

미하일 아베랴니치가 큰 소리로 웃으면서 친구의 무릎을 툭 쳤다.

"우리는 아직 건재합니다! 앞으로 돌아오는 여름에는, 함께 캅카스로 가서 말을 탑시다. 타가닥, 타가닥, 타가닥! 그리고 캅카스에서 돌아와서, 어쩌면 결혼식을 보게 될지도 모릅니다."

미하일 아베랴니치가 능글맞게 눈을 껌뻑였다.

"당신의 결혼식을 말이오……. 결혼을 시켜 드리죠……."

갑자기 안드레이 예피미치는 짜증이 목구멍까지 차오르는 것을 느꼈다. 심장은 무섭게 뛰고 있었다.

"정말 저속하군요!"

그는 이렇게 말하고 벌떡 일어나 창가 쪽으로 갔다.

"왜 당신들은 자신들의 말이 저속하다는 것을 모릅니까?"

그는 정중하게 말하려 했지만 의지와는 달리 갑자기 주먹을 불끈 쥐고는 머리 위로 치켜들었다.

"제발 좀 날 내버려 두라고!"

그는 얼굴과 몸을 부들부들 떨며 소리쳤다. 평소와는 다른 모습이었다.

"나가! 두 사람 다 나가!"

자리에서 일어난 미하일 아베랴니치와 호보토프는 처음에는 이해가 안 된다는 얼굴로 고개를 갸웃거리다 나중에는 공포에 질려 그를 바라보았다.

"둘 다 나가!"

안드레이 예피미치가 다시 소리쳤다.

"멍청한 사람들! 바보 같은 놈들! 나에게는 우정도, 약도 모두 필요 없어, 이 멍청한 사람들아! 당신들은 저속하고 비열해!"

호보토프와 미하일 아베랴니치는 멍한 얼굴로 서로를 쳐다보며 문 쪽으로 뒷걸음쳤다. 그러고는 이내 현관으로 나갔다. 안드레이 예피미치는 브롬화칼륨이 든 유리병을 움켜쥐고는 그들이 나간 문을 향해 있는 힘껏 던졌다. 유리병은 문지방에 부딪쳐 소리를 내며 깨졌다.

"악마한테나 잡혀가라!"

현관으로 뛰어나가며 그가 울부짖었다.

"악마한테나 잡혀가!"

두 사람이 집을 떠난 뒤에도 안드레이 예피미치는 마치 열병에라도 걸린 사람처럼 몸을 벌벌 떨며 소파에 누워 같은 말을 반복했다.

"멍청한 자들, 바보 같은 놈들!"

시간이 흘러 안정을 되찾자, 불쌍한 미하일 아베랴니치가 지금쯤은 분명 무거운 마음으로 스스로를 부끄러워할 것이라는 생각이 들었다. 자신이 한 행동도 끔찍했다. 예전에는 이런 일이 한 번도 없었다. 도대체 절도와 지성은 어디로 갔단 말인가? 사물에 관한 이성적인 이해와 철학적인 평정은 또 어디에 있단 말인가?

밤새 의사는 자신에 대한 부끄러움과 분노로 잠을 잘 수 없었다. 다음 날 아침, 그는 10시가 되자 우체국으로 가서 우체국장에게 사과했다.

"지난 일은 기억하지 맙시다."

감격한 미하일 아베랴니치가 그의 손을 꼭 잡고 한숨을 쉬며 말했다.

"지나간 일을 들먹이는 사람은 눈이 먼다고 하지 않습니까. 류바프킨!(안드레이 예피미치의 성(姓). 우체국장 미하일 아베랴니치가 안드레이 예피미치를 거북하게 여기고 있어 이전과 달리 성을 부른 것이다_옮긴이)"

그가 큰 목소리로 떠드는 바람에 우체국 직원들과 방문객들이 깜짝 놀랐다.

"의자를 가져오게. 당신은 좀 기다려!"

창구 밖에서 등기 우편을 내미는 여인에게 그가 소리쳤다.

"지금 바쁜 게 안 보여? 아, 그리고 지나간 일은 기억하지 맙시다."

그가 안드레이 예피미치를 바라보며 부드럽게 말했다. 그리고 다시 입을 열었다.

"정중히 부탁합니다. 자, 앉아요."

그는 한동안 침묵을 지키다가 자신의 무릎을 만지며 입을 열었다.

"당신에게 화를 낼 생각은 추호도 없습니다. 병이 들면 어쩔 수 없으니까요. 우리는 많은 시간을 공들여 당신에 관해 이야기했습니다. 그런데 왜 당신은 당신의 병을 심각하게 생각하지 않는 겁니까? 정말 괜찮겠습니까? 친구로서 솔직하게 말하는 것을 부디 너그럽게 이해해 주시길 바랍니다."

미하일 아베랴니치가 속삭였다.

"지금 당신의 환경은 무척 안 좋습니다. 좁고 지저분하고 당신을 돌봐 주는 이도 없고 치료할 약도 돈도 없고……. 여보시오, 친구, 의사와 함께 당신에게 진심으로 부탁드립니다. 제발 우리의 충고를 받아들이세요. 그래요, 병원에 입원하는 겁니다! 그곳에 가면 좋은 음식도 먹을 수 있고 간호사와 의사에게 치료도 받을 수 있습니다. 예브게니 표도리치는, 사실 우리끼리 하는 이야기지만 좀 야비한 구석이 있습니다. 하지만 실력은 괜찮지요. 그는 나에게 약속했습니다. 당신을 아주 잘 보살피겠다고요."

안드레이 예피미치는 우체국장의 진심 어린 말과 곧이어 뺨에서 흐르는 눈물을 보고 감동했다.

"우체국장님, 믿지 마십시오!"

그가 가슴에 손을 얹으며 속삭였다.

"그 사람들을 믿으면 안 됩니다. 모두가 속임수입니다. 저는 얼마 전, 우리 도시 전체에서 유일하게 지적인 사람을 발견했습니다. 그런데 그 사람은 정신병자입니다. 제가 병든 것이 아니라 그 사람이 병든 자입니다. 이제 저는 벗어날 수 없는 궁지에 빠졌습니다. 하지만 괜찮습니다, 저는 어떤 일에도 각오가 되어 있습니다."

"제발 병원에 입원하십시오."

"설령 구덩이에 빠진다 해도 나는 상관없습니다."

"무슨 일이 생겨도 예브게니 표도리치의 말을 듣겠다고 약속하세요."

"약속하겠습니다. 하지만 우체국장님, 저는 현재 궁지에 빠졌습니다. 이제 모든 것과 더불어, 하물며 진심에서 우러나온 친구들의 관심마저 저를 파멸로 이끌고 있습니다. 저는 파멸하고 말 겁니다. 그러나 그 파멸을 받아들일 용기는 있습니다."

"당신은 건강을 찾을 수 있습니다."

"무엇 때문에 그런 말을 하십니까?"

안드레이 예피미치가 짜증스럽게 말했다.

"인생의 마지막에서 지금 제가 겪는 일을 경험할 수 있는 사람은 아주 드물 겁니다. 사람들이 당신에게 악성 감염이나 심장 비대증에 걸렸다고 하면 당신은 치료를 받겠지요. 혹, 사람들이 당신의 정신이 이상하다고 하거나 죄를 지었다고 말하면, 한마디로 사람들이 갑자기 당신을 주목하게 된다면, 그제야 당신은 궁지에 빠졌다는 것을 알게 됩니다. 궁지에서 빠져나오려 애쓰겠지만 사실은 그러면 그럴수록 벗어날 길은 보이지 않을 겁니다. 그리고 결국은 항복합니다. 사람의 힘으로 당신을 구할 수 없으니까요. 나는 그렇게 생각합니다."

그사이 창구 앞은 사람들로 붐볐다. 일을 방해할 생각이 없는 안드레이 예피미치는 일어나 작별 인사를 했다. 미하일 아베랴니치는 다시 한 번 그에게 약속을 다짐받았다. 그리고 바깥 현관문까지 그를 배웅했다.

바로 그날 저녁이었다. 저녁이 채 되기도 전에 호보토프가 안드레이 예피미치에게 예고도 없이 찾아왔다. 굽이 높은 장화를 신고 반코트를 입은 호보토프는 마치 어제 아무 일도 없었던 듯 말했다.

"할 이야기가 있어 이렇게 찾아왔습니다, 당신을 데려갈 곳이 있습니다. 나와 함께 진찰하러 갑시다, 예?"

안드레이 예피미치는 옷을 입고 그를 따라나섰다. 호보토프의 권유로 산책을 하면 기분이 좋아질 수도 있을 것이란 생각이 들었다. 그것도 아니면 그에게 돈벌이를 소개해 주려고 왔을지도 모르는 일이었다. 어제의 불미스러운 일을 사과하고 화해할 기회가 온 것이었다. 또한 어제의 일은 한마디도 하지 않은 채 자신을 용서한 것 같은 호보토프가 진심으로 고마웠다. 이 교양머리 없는 사람에게도 이러한 섬세한 배려가 있었다니.

"그런데 환자는 어디에 있습니까?"

안드레이 예피미치는 물었다.

"병원에 있습니다. 오래전부터 당신에게 보이려 했었는데…….
아주 흥미로운 증상을 보이고 있지요."

두 사람은 병원 안으로 들어갔다. 중앙 병동을 지나 정신병자들이 수용되어 있는 별채로 들어섰다. 무슨 이유에서인지 두 사람 모두 침묵을 지켰다. 별채 안으로 들어서자, 니키타가 여느 때처럼 벌떡 일어나 차려 자세를 취했다.

"이곳에 있는 어떤 환자의 폐에 합병증이 생겼습니다."

호보토프가 안드레이 예피미치와 함께 병동으로 들어서며 작은 목소리로 말했다.

"여기서 기다리세요. 청진기를 가지고 바로 오겠습니다."

그리고 그는 나갔다.

17

이미 날은 어두워졌다. 이반 드미트리치는 베개에 얼굴을 파묻은 채 침대에 엎드려 있었다. 중풍 환자는 앉은 채로 소리 없이 입을 우물거리며 울고 있었다. 뚱뚱한 농부와 예전에 우체국에서 일했던 사내는 자고 있었다. 조용했다.

안드레이 예피미치는 이반 드미트리의 침대에 앉아 기다렸다. 한 시간 반이 지났다. 호보토프 대신 니키타가 환자복과 속옷 그리고 슬리퍼를 한 아름 가슴에 안고 들어왔다.

"이 옷을 입으십시오, 나리."

그가 조용히 말했다.

"여기가 당신 침대입니다. 이리로 오세요."

얼마 전에 가져다 놓은 것으로 보이는 빈 침대를 가리키며 그가 다시 입을 열었다.

"별일 아닐 겁니다. 곧 회복되실 겁니다."

그제야 안드레이 예피미치는 모든 것을 알게 되었다. 그는 말없이 니키타가 알려준 침대로 가서 앉았다. 니키타가 옆에 서서 보고 있었지만 그는 옷을 모두 벗었다. 수치스러웠다. 그리고 환자복을 입었다. 속바지는 무척 짧았고, 상의는 길었다. 환자복에서는 소금에 절인 생선 냄새가 풍겼다.

"곧 회복되실 겁니다."

니키타가 다시 말했다. 니키타는 안드레이 예피미치가 벗은
옷을 가지고 밖으로 나가 문을 닫았다.

'아무려면 어떤가…….'

안드레이 예피미치는 창피한 생각에 환자복의 앞자락을 만지
작거리며 생각했다. 새 옷으로 갈아입은 자신이 마치 죄수 같다
는 생각이 들었다.

'아무려면 어떤가…… 연미복이면 어떻고, 제복이면 어떻고,
환자복이면 어떤가…….'

그런데 시계는 어쩌지? 주머니에 있는 수첩은? 궐련은? 니키
타는 옷을 어디로 가져갔지? 어쩌면 이제는 죽을 때까지 바지도
조끼도 장화도 필요 없을지 모른다. 처음에는 이 모든 일들이 괴
상했고 통 이해도 되지 않았다. 안드레이 예피미치는 벨로바의
집과 6호 병동 사이에는 아무런 차이도 없고, 세상의 모든 일은
하찮고 허무하다는 것을 확신했지만, 그래도 손이 떨리며 다리
가 차갑게 느껴졌고 이반 드미트리치가 이제 곧 일어나 환자복
을 입은 자신의 모습을 보게 될 것이란 생각에 마음이 괴로웠다.
그는 일어나 잠시 서성이다 다시 자리에 앉았다.

그렇게 앉아 있는 동안, 반 시간 그리고 한 시간이 흘렀다. 마음은 종잡을 수 없을 만큼 어수선했다. 과연 이 사람들처럼 이곳에서 하루, 일주일, 아니 몇 년을 버틸 수 있을까? 그는 다시 일어나 서성이다 앉았다. 창문 밖을 바라볼 수도 있고, 이곳저곳을 다닐 수도 있다. 하지만 그다음에는 무엇을 하지? 이렇게 조각상처럼 앉아 생각만 한단 말인가? 아니, 그것은 불가능한 일이었다.

안드레이 예피미치는 누웠다가 다시 일어나 이마에 맺힌 땀을 닦았다. 얼굴에서도 소금에 절인 냄새가 나는 듯했다. 그는 다시 서성댔다.

"분명 오해가 있었을 거야……."

알 수 없다는 듯 두 팔을 벌리고 중얼거렸다.

"오해라면 빨리 풀어야 하지……."

그때 이반 드미트리치가 눈을 떴다. 이반 드미트리치는 일어나 주먹으로 뺨을 받치고 있었다. 침을 뱉었다. 그러고는 멍하니 의사를 바라보았다. 아직 무슨 일이 벌어졌는지 모르는 얼굴이었다. 하지만 곧 잠에 취한 얼굴로 빈정거리며 짓궂게 말했다.

"저런, 당신도 이곳에 갇혔군요!"

그는 잠에서 덜 깬 갈라진 목소리로 말하면서 한쪽 눈을 찌푸렸다.

"반갑습니다. 예전에는 다른 사람들의 피를 빨아먹고 사셨지만, 이제는 당신이 빨아먹힐 차례입니다. 아주 잘된 일이에요!"

"무슨 오해가 있을 겁니다……."

안드레이 예피미치가 이반 드미트리치의 말에 깜짝 놀라며 중얼거렸다. 그러고는 어깨를 움츠리며 반복해서 말했다.

"분명 오해가 있을 겁니다……."

이반 드미트리치는 다시 침을 뱉고 자리에 누웠다.

"저주받을 인생!"

그는 신경질적으로 말했다.

"이 모든 것이 씁쓸하고 화나는 이유가, 이 생활에서 겪는 고통을 보답받을 수도 없고 또 오페라에서처럼 갈채를 받을 수도 없다는 거지. 유일하게 하나 있다면 죽음으로 끝난다는 거. 마지막에는 잡역부들이 와서 죽은 시체의 손과 발을 질질 끌고 가 구덩이에 던져 버리겠지. 하, 그래도 괜찮아……. 저세상은 우리 것이니까. 나는 저세상에 가서 유령이 되면 이곳에 사는 악당들을 골려 줄 거야. 머리카락이 하얗게 세도록 말이야."

모이세이카가 돌아왔다. 의사를 본 그가 손을 내밀며 말했다.

"한 푼만 주세요!"

18

안드레이 예피미치는 창문으로 다가가 벌판을 바라보았다. 이미 밖은 어두워졌고, 지평선으로 자줏빛 달이 떠오르고 있었다. 병원 울타리에서 가까운, 100사젠(러시아에서 예전에 사용하던 길이 단위. 1사젠은 2.134미터이므로 100사젠은 약 213미터_옮긴이)이 채 되지 않는 곳에 돌로 된 벽으로 둘러싸인 높고 흰 건물이 보였다. 감옥이었다.

'이것이 현실이야!' 이런 생각이 들자 안드레이 예피미치는 두려워졌다.

달도, 감옥도, 못이 박힌 울타리도, 멀리 보이는 화장터 불길도 두려웠다. 등 뒤에서 숨소리가 들렸다. 안드레이 예피미치는 뒤를 돌아보았다. 반짝이는 별 모양의 훈장을 가슴에 단 사내가 비열한 웃음을 지으며 눈을 찡긋했다. 그것 역시 두려웠다.

안드레이 예피미치는, 달도 감옥도 특별한 것이 없다, 정신적으로 건강한 사람도 훈장을 달고 다닐 수 있다, 모든 것은 시간이 지나면 다 썩어 흙으로 변한다는 생각을 하며 애써 마음을 진정시키려 했지만 절망에 빠져드는 것은 어쩔 수 없었다. 그는 두 손으로 쇠창살을 붙잡고 있는 힘껏 흔들었다. 튼튼한 쇠창살은 조금도 움직이지 않았다.

공포심을 없애기 위해 이반 드미트리치의 침대에 앉았다.

"정말 우울합니다."

식은땀을 닦고 몸을 떨면서 그가 말했다.

"우울해요."

"흥, 철학이나 하시지요."

이반 드미트리치가 비웃으며 말했다.

"난 어쩌면 좋을까요. 아, 아……. 그래, 그래요……. 당신이 언젠가 이런 말을 했지요. 러시아에는 철학이 없지만 보잘것없는 사람들 모두가 철학을 한다고. 하지만 보잘것없는 사람들이 철학을 한다고 해서 누군가에게 해를 끼치는 것은 아니지요."

안드레이 예피미치는 울음이 나왔지만 애써 참으며 동정심이 느껴지는 말투로 이야기했다.

"보세요, 왜 그렇게 비웃나요? 보기 싫겠지만 보잘것없는 사람도 철학을 할 수 있는 것 아닙니까? 지적이고 훌륭한 교육을 받았고 자긍심이 있고 자유를 사랑하고 신을 닮은 사람이, 아무런 출구도 찾을 수 없는 더럽고 무지한 시골구석 의사가 되어 평생을 약병과 거머리와 겨자씨 연고 속에서 파묻혀 지냈습니다! 기만과 편협함 그리고 저속함이여! 오, 맙소사!"

"멍청한 소리 좀 하지 마시오. 그렇게 의사가 싫었으면 장관을 하지 그랬소."

"벗어날 수가 없어, 도무지 벗어날 수가. 우리는 이리도 연약하단 말입니다……. 이곳에 오기 전, 나는 침착했고 늘 건전한 논리로 모든 것을 생각했소. 하지만 현실이 나를 거칠게 만들고 있소. 나는 좌절했소……. 무너지고 말았소. 우리는 연약하고 우리는 보잘것없단 말이오……. 당신도 마찬가지오. 당신은 지적이고 고상한 사람이오. 유년 시절부터 고결한 충동이 몸에 배었지만, 현실 속으로 들어가자마자 지치고 병에 걸린 겁니다……. 연약하고 연약하단 말입니다!"

저녁이 돼서도 오랫동안 공포감과 모욕감 말고도, 또 다른 한 가지가 안드레이 예피미치를 괴롭혔다. 그는 곧 그것이 무엇인지 알아차렸다. 맥주를 마시고 담배를 피우고 싶은 욕구였다.

"나는 여기서 나갈 겁니다."

그가 말했다.

"이곳에 등불을 가져오라고 말하겠소……. 이런 상태는 도저히…… 견딜 수가 없소."

안드레이 예피미치는 가서 문을 열었다. 그 순간 니키타가 벌떡 일어나 그의 앞을 가로막았다.

"어디로 가는 겁니까? 안 됩니다, 안 돼!"

그가 말했다.

"잘 시간입니다!"

"밖에서 잠시 걷고 싶은데."

안드레이 예피미치가 겁에 질려 말했다.

"안 됩니다, 안 돼! 금지된 일입니다. 잘 알지 않습니까."

니키타는 문을 쾅 닫고 기대고 섰다.

"내가 잠시 밖에 나가는 일이 다른 사람들에게 피해를 주는가?"

안드레이 예피미치가 어깨를 움츠리며 물었다.

"이해할 수 없어! 니키타, 아무래도 난 좀 나가야겠어!"

이번에는 떨리는 목소리로 말했다.

"제발!"

"규칙을 어기면 안 됩니다. 좋지 않습니다!"

니키타가 가르치듯 말했다.

"말도 안 되는 소리!"

별안간 이반 드미트리치가 소리를 버럭 지르며 일어났다.

"대체 무슨 권리로 못 나가게 하는 거야! 감히 너희들이 우리를 이곳에 가둬? 어떤 누구도 재판 없이는 자유를 뺏을 수 없다고 법에 분명히 정해져 있어! 이건 폭력이야! 횡포라고!"

"맞아, 횡포!"

안드레이 예피미치가 이반 드미트리치의 고함 소리에 힘을 받아 소리쳤다.

"제발 좀 나가야겠어! 자네는 나를 막을 권리가 없어! 이렇게 말하고 있지 않은가, 좀 내보내 줘!"

"못 알아듣나? 이 짐승만도 못한 멍청한 놈아!"

이반 드미트리치가 소리를 지르며 문을 주먹으로 쳤다.

"문을 열어, 그렇지 않으면 지금 당장 부숴 버리겠어! 이 악마 같은 놈아!"

"문 열어!"

안드레이 예피미치도 온몸을 부들부들 떨며 소리를 질렀다.

"열란 말이야!"

"계속 이렇게 떠들 거야?"

문 뒤에서 니키타가 말했다.

"계속 떠들 생각이냐고?"

"그럼 지금 예브게니 표도리치를 이리로 불러 주게! 잠깐이라도 들러 달라고 말 좀 해 주게……. 잠깐만이라도!"

"내일 오실 것입니다."

"우리를 정말 내보내지 않을 생각인가!"

그러는 사이, 이반 드미트리치는 쉬지 않고 소리쳤다.

"우리는 여기서 썩어야 해! 오, 맙소사! 저세상에는 지옥도 없단 말인가? 어찌 저 불한당들을 그대로 보고만 있단 말인가? 도대체 정의는 어디에 있단 말인가? 이 불한당아, 문을 열어라, 숨을 쉴 수가 없단 말이다!"

그는 목이 쉰 채 소리쳤다. 그리고 머리로 문을 들이받았다.

"내 머리를 부숴 버릴 테다, 이 살인마들아!"

니키타가 갑자기 문을 열고 들어왔다. 그리고 두 손과 무릎으로 안드레이 예피미치를 거칠게 밀어붙이는가 싶더니 주먹으로 얼굴을 때렸다. 순간 안드레이 예피미치는 짠맛이 나는 무시무시한 파도가 머리를 덮쳐, 침대 쪽으로 자신을 밀쳐 내고 있다고 생각했다. 정말로 입안에 짠맛이 돌았다. 잇몸에서는 피가 나는 듯했다. 그는 정말로 거대한 파도에서 벗어나려는 것처럼 팔을 휘젓다가 누군가의 침대를 붙잡았다. 그러자 다시 니키타가 등을 때렸다.

이반 드미트리치가 큰 소리로 고함을 질렀다. 그 역시 맞은 듯했다. 그리고 조용해졌다. 쇠창살 사이로 희미한 달빛이 들어와 바닥에 그물처럼 보이는 그림자를 만들었다. 섬뜩했다. 안드레이 예피미치는 숨을 죽이고 누워 있었다. 그는 다시 맞을까 봐 두려움에 떨었다. 마치 누군가 낫으로 그의 몸을 찌른 뒤 가슴과 창자를 여러 차례 비트는 것만 같았다. 고통스러운 그는 베개를 이빨로 물었다. 정신과 몸이 혼란스러운 가운데, 불현듯 견딜 수 없을 만큼 무서운 생각이 또렷하게 떠올랐다.

지금 같은 고통을, 희미한 달빛을 받아 검은 그림자처럼 보이는 이 사람들은 분명 몇 년 아니 매일 겪었을 것이다. 어찌 20년 이상 세월이 흐르는 동안 이 사실을 몰랐을까. 또한 알려고도 하지 않았단 말인가. 그는 고통을 알지 못했고 또 고통이란 개념조차 알지 못했다. 그러니까 그의 잘못이라고만은 할 수 없었다. 하지만, 니키타처럼 무식하면서도 고집 센 양심이 그를 머리부터 발끝까지 두렵게 만들었다. 그는 벌떡 일어났다. 그리고 온 힘을 다해 발악을 하며, 니키타와 호보토프 그리고 사무장과 보조 의사를 죽인 뒤 자살하고 싶었다. 하지만 가슴속에서는 그 어떤 작은 소리도 나오지 않았다. 다리도 움직일 수 없었다. 그는 힘겹게 숨을 쉬다가 셔츠와 환자복을 찢었다. 그리고 의식을 잃고 침대에 쓰러졌다.

19

다음 날 아침이 되었다. 그는 두통과 함께 귀가 멍했고 온몸은 움직일 수 없을 만큼 무거웠다. 소심하고 연약했던 어제의 모습이 떠올랐지만 부끄럽지는 않았다. 어제 그는 너무도 소심했고, 심지어 달빛마저 무서웠으며, 예전에는 상상조차 할 수 없었던 감정과 생각을 가감 없이 드러냈다. 말하자면, 불만스러워서 철학을 하는 시시한 사람에 관한 생각 같은 것들 말이다. 하지만 지금은 아무래도 상관이 없었다.

그는 말없이 먹지도 마시지도 않은 채 누워 있었다. 조금도 움직이지 않았다.

'아무려면 어떤가.'

사람들이 묻는 소리를 들으며 그는 생각했다.

'대답하지 않겠다……. 아무려면 어떤가.'

점심때가 지나자, 미하일 아베랴니치가 찾아와 4분의 1푼트(러시아의 이전 중량 단위. 1푼트는 0.41킬로그램_옮긴이)의 차와 1푼트의 마멀레이드를 놓고 갔다. 다류시카도 다녀갔다. 그녀는 슬픈 표정으로 한 시간이나 침대 옆에 서 있다가 돌아갔다. 의사 호보토프도 브롬화칼륨이 든 작은 유리병을 들고 그를 찾아왔다. 그러고는 니키타에게 병동 안에 향을 피우라고 지시했다.

저녁 무렵, 안드레이 예피미치는 뇌일혈로 죽었다. 그는 처음 심한 오한을 느끼며 구역질을 했다. 무엇인가 혐오스러운 것이 몸속 전체도 모자라 손가락 끝까지 뚫고 들어오는 듯했다. 그리고 그것은 곧장 위장에서 시작해 머리로 번지더니 눈과 귀로 흘러넘치는 것 같았다. 눈앞이 파래졌다. 안드레이 예피미치는 자신이 죽을 것이란 것을 알았다. 그리고 이반 드미트리치, 미하일 아베랴니치와 나머지 수백만의 사람들이 불멸을 믿고 있다는 사실을 떠올렸다. 왜 갑자기 그런 생각이 떠올랐을까? 하지만 그는 불멸을 원하지 않았다. 잠시 불멸에 관해 생각했을 뿐이다. 오래전 책에서 읽은 아름답고 우아한 사슴 떼가 그의 곁을 지나갔다. 아낙네는 그에게 등기우편을 쥔 손을 내밀었다……. 미하일 아베랴니치는 무슨 말인가를 했다. 그리고 모든 것은 사라졌고, 안드레이 예피미치는 영원히 의식을 잃었다.

잡역부들이 와서 그의 손과 발을 잡고 그를 교회당으로 옮겼다. 그는 그곳의 단 위에 눈을 뜬 채 누워 있었다. 달빛은 밤새 그를 비췄다.

아침에 세르게이 세르게이치가 왔다. 그는 그리스도의 십자가상 앞에서 경건한 모습으로 기도를 드린 뒤, 옛 상관의 눈을 감겨 주었다.

그다음 날, 안드레이 예피미치는 땅에 묻혔다. 장례식에는 미하일 아베랴니치와 다류시카만 참석했다.

아뉴타

세간까지 끼워서 임대해 주는 아파트 리사본, 그 집 가운데서도 가장 임대료가 싼 구석방에서 의과대학 3학년인 스체판 클로치코프는 어지럽게 방 안을 거닐며 해부학을 암기하기에 바빴다. 무엇 하나 가리지 않고 암기해 버리는 성실하면서도 집요한 노력으로 인해 그의 입안은 바싹 마른 것도 모자라 이마에서는 진땀이 흘렀다.

언저리에 엷은 얼음 무늬가 생긴 얼어붙은 창가에는 그와 함께 사는 아뉴타가 의자에 앉아 있었다. 나이는 스물댓이나 되었을까, 온화한 회색 눈동자에 무척이나 피곤한 얼굴, 갈색 머리에 가늘고 작은 몸집의 여자였다. 아뉴타는 등을 구부린 채 남자의 셔츠 목깃에 붉은 실로 부지런히 수를 놓았다. 복도에 걸린 시계는 벌써 오후 2시를 알렸지만, 방 안 청소는 아직 하지 않은 상태였다. 아무렇게나 구겨진 이부자리며, 내동댕이쳐진 베개며, 지저분하게 널려 있는 흩어진 책과 옷가지, 비눗물이 넘쳐흐를 것 같은 멋대가리 없는 커다란 대야 그리고 그 더러운 물에 빠져 있는 담배꽁초, 마룻바닥에 굴러다니는 먼지 등 온통 사방이 엉망진창이 되어 누군가 일부러 난장판을 만들어 놓은 듯 보였다.

"우측 폐는 세 부분으로 나뉜다……."

클로치코프는 쉬지 않고 암송을 했다.

"위치! 상부는 흉곽 내면에서 네댓 개의 늑골에 걸쳐 있다. 그리고 측면으로는 제4늑골에 이르고 후면으로는 척추견갑골에 덮여 있다……."

클로치코프는 방금 전 외운 내용을 다시 상기시키려 애쓰며 천장을 올려다보았다. 그러나 쉽게 떠오르지 않아 그는 조끼 위로 자신의 늑골을 천천히 짚어 보았다.

"이 늑골들은 꼭 피아노의 건반과 비슷해."

그는 말했다.

"모든 일을 정확하게 하려면 반드시 숙달이 필요하지. 먼저 골격의 구조를 연구해야 해. 그다음은 살아 있는 사람을 실제로 비교해서 연구할 필요가 있어⋯⋯. 자, 그럼 아뉴타, 이제부터 실습을 해야겠어!"

아뉴타는 일거리를 놓은 뒤 상의를 벗은 다음 허리를 곧게 쭉 폈다. 마주 앉은 클로치코프는 인상을 쓰며 여자의 늑골을 세기 시작했다.

"음, 제1늑골은 손에 잡히지 않아⋯⋯. 그건 쇄골 뒤에 있기 때문이지⋯⋯. 바로 이놈이 제2늑골이군⋯⋯. 그렇지⋯⋯. 이게 제3⋯⋯ 이게 제4⋯⋯ 음, 그렇지⋯⋯. 아니, 왜 몸은 비꼬는 거야?"

"당신 손가락이 차가워요!"

"뭐 그렇다고 곧 숨이 넘어가는 것은 아니니까 몸을 비틀 건 없어. 그러니까 이놈이 제3늑골이라⋯⋯. 이놈은 제4늑골이고⋯⋯. 겉보기에는 이렇게 삐쩍 말랐는데도 늑골은 쉽게 만져지지 않는군. 허, 이래 가지곤 쉽게 구분하기 힘들겠어⋯⋯. 줄을 그어 봐야겠어⋯⋯. 목탄이 어디 있지?"

클로치코프는 목탄을 찾아내서 아뉴타의 가슴 위로 늑골 위치에 몇 개의 평행선을 그었다.

"이만하면 훌륭해. 이제는 다 알겠어⋯⋯. 그럼 이젠 타진(打診)을 해도 괜찮겠지? 자, 일어나요!"

아뉴타는 일어나서 턱을 들었다. 클로치코프는 타진을 시작했다. 타진 공부에 몰두한 그는 아뉴타의 입술과 코 그리고 손가락이 추위로 새파랗게 변해 가는 것을 눈치채지 못했다. 아뉴타는 벌벌 떨면서도, 줄을 그으며 타진 공부를 하는 그가 행여 공부를 중지하지 않을까 걱정스러웠다. 만일 그런 일이 벌어진다면 의사 시험을 치르는 데 분명 방해가 될 것이라 생각했기 때문이다.

"이제는 분명히 알겠어."

타진을 끝마친 클로치코프가 말했다.

"목탄이 지워지지 않도록 가만히 앉아 있어요. 나는 조금 더 암기를 해야 하니까……."

학생은 다시 암송을 반복하며 방 안을 거닐기 시작했다. 가슴 위에 검은 줄이 죽죽 그려진 아뉴타는 의자에 앉은 채 추위에 떨면서도 무엇인가를 생각했다. 평소에도 아뉴타는 말수가 적었고 언제 어디서든 무엇인가를 골똘히 생각하는 여자였다.

아뉴타는 지난 6~7년 동안 여러 집을 전전하며, 클로치코프와 같은 대학생을 다섯이나 알게 되었다. 지금 그들 모두는 대학을 졸업하고 사회생활을 하고 있었다. 그리고 출세한 사람들이 흔히 그렇듯, 그들 모두 오래전에 아뉴타를 까맣게 잊어버렸다. 한 사람은 파리에서 살고 있고, 두 사람은 의사가 되었으며,

네 번째 사람은 미술가로 살고 있었다. 그리고 다섯 번째는 이미 대학교수가 되었다는 소문이 들려왔다. 클로치코프는 여섯 번째로 맞은 남자였다. 그도 역시 얼마 지나지 않아 공부를 마치고 사회생활을 할 것이다. 클로치코프란 사내는 분명 눈부신 미래와 더불어 훌륭한 인물이 될 것이라는 사실에 의심할 나위가 없었지만, 현재 그의 생활은 형편없었다. 담배와 차는 이미 떨어졌고 설탕도 네 덩어리밖에 남아 있지 않았다. 어서 빨리 단골집에 삯바느질감을 넘기고 25코페이카 받아 와서 차와 담배를 사야만 했다.

"들어가도 될까?"

누군가 문 밖에서 불렀다.

아뉴타는 재빨리 양털 숄을 어깨에 둘렀다. 화가인 페치소프가 안으로 들어왔다.

"부탁이 있어서 들렀네."

이마를 덮은 머리칼 속 눈을 번들거리며 그는 클로치코프에게 말했다.

"자네의 사랑스러운 레이디를 두 시간만 빌려 줄 수 없겠나? 자네도 알다시피 그림은 그려야겠는데 모델이 없어서 아주 난처하다네!"

"아, 그럼 그렇게 하게!"

클로치코프는 흔쾌히 허락했다.

"아뉴타, 다녀와요."

"전 그런 곳에는 가고 싶지 않아요!"

아뉴타가 낮은 소리로 말했다.

"못난 소리! 다른 일도 아니고 예술을 하는 사람의 청인데…….
도와줄 수 있지 않소? 돕지 못할 무슨 이유라도 있소?"

아뉴타는 주섬주섬 옷을 입기 시작했다.

"그런데 말이야, 자네는 무슨 그림을 그리는 건가?"

클로치코프가 물었다.

"사랑의 여신이라네. 훌륭한 주제지. 그런데 쉽지 않은 일이
야. 모델을 바꿔 가며 그려야겠어. 어제는 말이야, 푸른 발을 가
진 모델을 데려다 놓고 그려 봤지. 왜 발이 시퍼렇냐고 물었더
니, 글쎄 양말에서 물이 들었다는 거야! 그런데 자네는 하루 종
일 암기만 하는 건가? 싫증도 모른 채 암기에만 열중하고 있는
자넨 정말 행복한 인간이야."

"의대 공부가 암기를 하지 않고는 의학이라는 문 앞에 얼씬도
할 수 없거든."

"음, 어찌되었건 실례했네. 그런데 클로치코프, 자네 집 좀 보

게. 이거 사람 사는 꼴이 아니군. 돼지우리랑 다를 것이 없어, 아주 난장판이야!"

"어쩔 수가 없네. 뭐 좋은 수가 있어야지……. 아버지에게는 한 달에 겨우 12루블밖에 오지 않는데 그 돈을 가지고 어디 제대로 된 살림을 할 수 있나."

"하긴 그렇지……."

화가는 언짢은 듯 인상을 찌푸렸다.

"그래도 말이야. 조금이라도 생활다운 생활은 해야 하지 않겠나……. 문명인이라면 분명 미학적으로 살아야 한다는 이야기일세. 내 말이 맞지 않나? 그런데 보다시피 자네는 뭔가! 잠자리는 엉망이고 저 더러운 구정물에 저기 바닥에 굴러다니는 먼지며…… 접시에는 어제 먹다 남은 죽도 그대로인지 않은가……. 푸후!"

"자네 말이 틀리진 않지……."

학생은 얼굴을 붉혔다.

"그게 말이야, 아뉴타가 오늘은 무척 바빠서 청소를 하지 못했다네."

화가와 아뉴타가 밖으로 나가자 클로치코프는 소파에 누워 다시 암송을 시작했다. 그리고 얼마 있다가 잠이 들고 말았다. 한 시간 정도 잠을 자고 일어난 그는 머리 밑에 주먹을 괸 채 우울한 생각에 빠졌다. 문명인이라면 반드시 미학적이어야 한다는 화가의 말을 다시 한 번 생각해 보았다. 그러고 보니 집 안 곳곳 어지럽혀져 있는 모든 것이 이제는 정말로 싫증이 나 구역질이 날 지경이었다. 그는 자신의 미래를 머릿속에 그려 보았다. 의젓한 모습으로 진찰실에서 환자들을 진찰하고, 지적이고 아름다운 아내와 함께 넓은 식당에서 차를 마신다……. 그런데 지금 당장 눈앞에 보이는 것은 구정물 속에 떠 있는 담배꽁초가 아닌가. 뿐만 아니라 아뉴타마저 못생기고 지저분한 초라한 여인네로 느껴졌다. 결국 그는 어서 빨리 아뉴타와 헤어져야겠다는 다짐을 하게 되었다.

얼마 뒤, 아뉴타가 화가네 집에서 돌아와 외투를 벗자마자 그는 기다렸다는 듯 벌떡 일어나 앉아 말했다.

"저기 말이오, 아뉴타! 내가 지금 할 말이 있으니 거기 좀 앉아요. 이제 우리가 헤어져야 할 때가 온 것 같소. 간단하게 말하면, 이제 나는 더는 당신과 살고 싶은 마음이 없단 말이지."

화가네 집에서 돌아온 아뉴타는 몸을 가누지 못할 만큼 힘들었다. 장시간 벌거숭이가 되어 서 있었던 탓으로 얼굴은 더욱 야위고 턱은 보기 흉하게 뾰족해진 것 같았다. 아뉴타는 학생의 말에 아무 대답도 하지 않은 채 그저 입술만 가늘게 떨 뿐이었다.

"어서 그렇게 한다고 대답해요. 어차피 우린 헤어질 사이 아니었소?"

학생은 다시 말을 이었다.

"당신이란 여자는 착하고 영리하니 내 말을 쉽게 알아듣겠지……."

아뉴타는 말없이 다시 외투를 걸쳐 입고는 바늘이며 실 같은 바느질감을 종이에 돌돌 말아 들었다. 그러고는 작은 창가에 놓인 설탕 네 덩어리가 든 봉지를 탁자 위, 책 옆에 갖다 놓았다.

"이 설탕, 당신 거예요……."

아뉴타는 조그마한 목소리로 이렇게 말하고는 눈물을 보이지 않으려고 옆으로 얼굴을 돌렸다.

"아니, 왜 우는 거요?"

클로치코프는 당황한 듯 방 안을 거닐며 물었다.

"도대체 왜 이러는지 알 수가 없군……. 나 원 참, 우린 어차피 헤어져야 한다는 사실을 잘 알면서 왜 그러는 거지? 언제까지 함께 살 수는 없지 않아?"

아뉴타는 보따리를 든 채 그에게 마지막 인사를 하려고 돌아섰다. 그는 여자가 가엾다는 생각이 들었다.

'일주일만 더 있으라고 말할까?'

그는 생각했다.

'그래, 조금 더 있게 하지 뭐. 일주일 후에 내보내면 되잖아.'

그리고 그는 자신의 마음이 약한 것을 탓하며 딱딱한 말투로 외쳤다.

"왜 쓸데없이 서 있는 거요! 가려면 어서 가고, 가기 싫으면 외투라도 벗어요! 그래, 가지 않아도 좋아! 그냥 있으라고!"

아뉴타는 말없이 외투를 벗었다. 그러고는 조용히 코를 푼 뒤, 긴 한숨을 쉬고는 언제나 앉았던 작은 창가 앞 의자에 앉았다.

학생은 다시 교과서를 들고는 방 안을 어지럽게 걸어 다니기 시작했다.

"우측 폐는 세 부분으로 나뉜다……."

그는 암송을 계속했다.

"상부는 흉곽 내면에서 4, 5개의 늑골에 걸쳐 있는데……."

그때 복도에서 누군가가 큰 목소리로 외쳤다.

"그리고리, 차 마시러 오게!"

약제사 부인

두서너 갈래의 구불구불한 길로 이루어진 작은 B읍은 깊은 잠에 빠져 있었다. 사방은 조용했다. 멀리 교외에선가 개 짖는 소리가 겨우 들릴 뿐이었다. 곧 날이 샐 것이었다.

오래전 모두가 잠들었으나, 약제사인 체르노모르딕의 부인만은 잠을 이루지 못했다.

부인은 벌써 세 번씩이나 잠을 자려 노력했다. 그러나 잠은 오지 않았다. 이유는 알 수 없었다. 부인은 열린 창문 앞에 앉아 거리를 내려다보았다. 덥고 지루해 화가 났다. 울고 싶을 만큼 화가 치솟았다. 하지만 그 이유는…… 알 수 없었다.

부인이 있는 자리에서 몇 걸음 떨어진 자리에서 남편 체르노

모르딕이 얼굴을 벽으로 향한 채, 여유롭게 코를 골며 자고 있었다. 벼룩이 달려들어도 알지 못했고, 심지어는 입가에 작은 미소까지 지었다. 감기에 걸린 도시 사람들 모두가 그의 약방에서 약을 사는 꿈을 꾸고 있었기 때문이다. 약방이 도시 변두리에 있어서 부인은 들판을 멀리 바라볼 수 있었다. 그녀는 동쪽 하늘 끝이 천천히 밝아지면서 마치 큰 불이 난 듯 붉은색으로 변해 가는 광경을 바라보았다.

멀찍이 떨어진 숲 뒤에서 크고 둥그런 달이 불쑥 솟아올랐다.

밤의 정적 속에서 누군가의 발소리와 함께 덜그럭거리는 박차 소리가 들려왔다. 사람들의 말소리도 들렸다.

'장교들이 부대로 들어가는 모양이군…….'

부인은 생각했다.

잠시 뒤, 하얀 장교복을 입은 두 사람이 모습을 드러냈다. 한 사람은 훤칠한 키에 몸집이 좋았고 또 한 사람은 작고 왜소했다……. 그들은 울타리를 따라 천천히 걸으며 커다란 목소리로 무슨 말인가를 지껄였다. 점차 약방이 가까워지자 두 사람의 발길음은 느려졌다. 그들은 창문을 올려다보았다.

"약 냄새가 나는데……."

왜소한 사람이 말했다.

"아, 약방이 있군! 그래⋯⋯. 지난 주일에 피마자유를 사러 이곳에 왔었어. 여기 약제사는 찌푸린 얼굴에 당나귀 턱을 가진 사람이라네. 허, 무슨 턱이 그렇게 생겼는지!"

"응, 그런데⋯⋯. 자는 모양이군. 부인도 잠들었겠지. 옵쵸소프, 아는가? 여기 약사 부인이 아주 미인이야."

덩치 좋은 사내가 은근한 목소리로 말했다.

"나도 봤어. 아주 예쁘더군⋯⋯. 그런데 군의관, 그 부인은 정말 그 당나귀 턱을 사랑할까? 자네 생각은 어때?"

"무슨 소리⋯⋯ 사랑하지 않을 거야."

군의관은 약사가 불쌍하다는 듯 한숨을 내쉬었다.

"부인은 창문 뒤에서 잘 거야! 옵쵸소프, 귀여운 입은 반쯤 벌린 채 발을 침대에서 늘어뜨린 채 말일세."

"군의관, 이건 어떨까? 약방에 가서 뭐든 아무거나 사는 것이! 부인을 볼 수 있을지도 모르잖아?"

장교는 발걸음을 멈추고 말했다.

"그런데 밤이잖아!"

"상관없어. 밤이라고 약을 안 팔겠어? 자, 얼른 가세!"

"그럼 그럴까⋯⋯?"

부인은 커튼 뒤에 숨어서 조용하게 울리는 벨 소리를 들었다.

그녀는 남편을 바라보았다. 여전히 그는 입가에 웃음을 띤 채 연신 코를 골고 있었다. 부인은 서둘러 옷을 걸치고 맨발에 덧신을 신었다. 그리고 약방을 향해 달렸다.

유리창 밖에 두 사람의 그림자가 어른거렸다……. 부인은 램프에 불을 붙인 뒤 자물쇠를 열기 위해 문을 향해 서둘러 걸었다. 어느새 그녀는 심심하지도 않았고 화도 나지 않았다. 울고 싶은 생각도 달아났다. 단지 가슴이 몹시 두근거릴 뿐이었다. 덩치가 큰 군의관하고 비쩍 마른 옵쵸소프가 들어왔다.

"무엇을 드릴까요?"

부인은 가슴 위 옷깃을 만지작거리며 물었다.

"저기…… 15코페이카어치의 박하정을 부탁드립니다!"

부인은 침착하게 서랍에서 통을 꺼내 저울에 달기 시작했다. 두 사람은 눈도 깜빡거리지 않은 채 그녀의 등을 바라보았다. 군의관은 살찐 고양이처럼 눈을 가늘게 떴으나 옵쵸소프는 어쩐지 걱정스러운 표정이었다.

"부인이 직접 약국에서 약을 팔다니…… 저는 생전 처음 보는 일입니다."

군의관이 말했다.

"이곳에서는 조금도 이상한 일이 아닙니다……."

부인은 옵쵸소프의 붉은 얼굴을 곁눈질로 바라보며 대답했다.

"제 남편은 따로 조수를 두지 않아 제가 곁에서 돕고 있지요."

"아, 그렇습니까? 그런데 약국이 무척 비좁군요! 그런데 그런 통들은 대체 몇 개나 됩니까……. 그리고 독약도 많을 텐데 이곳에서 일하기가 무섭지 않은가요?"

부인은 포장한 박하정을 군의관한테 건넸다. 옵쵸소프는 부인에게 15코페이카를 지불했다. 침묵 속에서 약 30초가 지나갔다……. 군의관과 옵쵸소프는 두리번거리며 살피다가 문 쪽을 향해 발걸음을 옮겼다. 그러고는 다시 주위를 둘러보았다.

"소다 15코페이카어치 주십시오!"

군의관이 말했다.

부인은 또다시 천천히 움직이며 서랍으로 손을 옮겼다.

"이 약방에는 없나요? 저, 이런 것 말입니다……."

옵쵸소프가 손가락을 까딱이며 말했다.

"저, 당신도 아실 것입니다……. 아, 탄산수 말입니다. 탄산수는 있습니까?"

"있습니다."

부인이 대답했다.

"오, 좋아요! 당신은 보통 여자가 아닌 선녀(仙女)군요. 세 병만 주세요!"

부인은 재빨리 소다를 포장하고는 문을 열고 어둠 속으로 모습을 감췄다.

"멋지군!"

군의관이 눈을 껌뻑거리며 말했다.

"옵쵸소프, 저 파인애플은 마데이라 섬에서도 볼 수 없을 거야. 그렇지 않나? 자네 생각은 어떤가? 그런데 말이야, 코 고는 소리가 들리는가? 바로 그 약사 나리가 주무시는군."

조금 뒤 창고에서 돌아온 부인은 계산대 위에 병 다섯 개를 올려놓았다. 창고 안으로 들어갔다가 나와서인지 그녀의 얼굴은 조금 흥분한 듯 상기되어 있었다.

"쉿…… 조용히!"

부인이 병마개를 뽑다가 떨어뜨리자 옵쵸소프가 말했다.

"조용하세요, 남편이 깰지 모르니."

"깨면 안 되는 이유라도 있나요?"

"보세요, 저렇게 평화롭게 자고 있잖아요……. 당신 꿈을 꾸고 있을 거예요……. 그러니 당신을 위해서!"

"게다가."

군의관은 조용한 소리로 입을 열었다.

"남자들이란 답답한 구석이 많아요. 쉬지 않고 잠만 자면 무엇이 좋은가요……. 아, 이 물이 붉은 술이라면……."

"그다음엔 또 무슨 상상을 하시려고?"

부인은 웃으며 말했다.

"바로 그거예요! 약국에서 술을 팔지 않아서 정말 유감이군요! 하지만…… 약이라고 생각하고 술도 한잔 팔면 참 좋겠는데 말입니다. 허허. 프랑스산 붉은 포도주는 없나요?"

"있어요."

"아, 그럼 됐습니다. 그것을 주세요! 지금 주시면 됩니다!"

"얼마나 드리면 될까요?"

"우선은 한 잔씩 물에 타서 주시고, 에, 그리고 좀 있다 어떻게 할지 생각해 보죠. 흠, 옵쵸소프, 그렇지 않은가? 일단은 물을 좀 타고, 다음에는 스트레이트로……."

군의관과 옵쵸소프는 계산대 옆에 앉아 모자를 벗었다. 그러고는 포도주를 마셨다.

"술은 솔직히 마실 게 못 됩니다! 하지만 당신처럼 아름다운 미인 앞에서는…… 에에, 술이 바로 신의 생명수가 되죠. 부인, 당신은 정말로 눈부시게 예쁘군요! 저는 이미 마음속에서 당신 손에 키스를 했답니다."

"그리고 지금 하고 있는 생각대로만 된다면, 저는 어떤 위험도 감수하고 무슨 짓이든 할 것 같군요!"

옵쵸소프가 말했다.

"맹세할 수 있습니다! 목숨도 바칠 수 있다고요!"

"아, 그런 말은 하지 마세요……."

부인은 얼굴을 붉히고 정색하며 말했다.

"진짜예요, 당신은 정말 아름답습니다!"

군의관은 은근 슬쩍 부인을 바라보며 작은 소리로 웃었다.

"별처럼 빛나는 두 눈이 탕탕 총을 쏘잖아요! 와우, 당신이 이겼습니다. 우리는 두 손을 들고 항복합니다!"

약사 부인은 붉어질 대로 붉어진 그들의 얼굴을 바라보며 잡담을 들었다. 이야기는 다시 또 활기를 띠기 시작했다. 부인은 그전부터 즐거운 마음이었다. 그녀도 이야기에 동참했다. 큰 소리로 웃는가 하면 애교를 부리기도 했고 장교들의 끈질긴 부탁을 거절하지 못해 두 잔가량 되는 붉은 포도주를 마시기까지 했다.

"장교님, 이제 부대에서 조금 더 자주 나오세요."

부인이 말했다.

"이곳은 정말 재미가 없어요. 솔직히 말하면 따분해서 죽을 지경이라고요."

"네, 분명 그럴 것이라 생각합니다!"

군의관이 길게 한숨을 쉬었다.

"당신처럼 엄청난 미인이 이런 시골구석에 박혀 있다니! 그리 보예도프는 〈벽촌, 사라토프로 가자꾸나!〉에서 잘 표현했어요! 아, 그런데 가야 할 때가 된 것 같습니다. 이렇게 서로 알게 되어 영광입니다. 모두 얼마지요?"

부인은 천장으로 눈을 향한 채 한참 동안 입술을 달싹거리더니 대답했다.

"12루블 48코페이카예요!"

옵쵸소프는 주머니 속 두툼한 돈지갑을 꺼내 한참 돈을 세고는 부인에게 주었다.

"그나저나 당신 남편은 잠 속에 푹 빠졌군요…… . 물론 꿈을 꾸고 있겠지요…… ."

옵쵸소프는 부인의 손을 잡으며 말했다.

"엉뚱한 말씀 저는 별로 좋아하지 않아요…… ."

"아니, 어째서 그런 말씀을 하십니까? 이런 말은 반드시 해야 합니다. 저 셰익스피어도 이렇게 말하지 않았습니까, '젊을 때부터 젊었던 사람은 행복하다.'라고 말이지요."

"손을 놓으세요!"

결국 두 장교는 오랫동안 이야기하고 실랑이를 한 끝에 부인의 손에 입맞춤을 할 수 있었다. 그러고는 무엇인가 잃어버린 것은 없는지 오랫동안 생각에 잠긴 뒤, 허전한 마음으로 약국을 나섰다.

부인은 서둘러 침실로 달려가 바로 그 창문 옆에 앉았다. 그리고 군의와 옵쵸소프가 약국 문을 나서며 천천히 스무 걸음쯤 걷다가 걸음을 멈추고 무슨 말인가를 은밀히 속삭이는 것을 보았다. 대체 무슨 말을 하고 있는 것일까? 가슴이 울렁거리며 관자놀이까지 맥박이 고동쳤다. 하지만 왜 그런지는 자신도 알 수 없었다.

5분이 지났을까, 군의관은 옵쵸소프와 헤어져 앞으로 걸어갔고 옵쵸소프는 약국으로 되돌아왔다. 그는 두어 번 약국 옆을 서성거렸다……. 그리고 문 앞에 멈춰 서는가 싶더니 다시 발걸음을 돌렸다……. 얼마 뒤 조심스러운 벨 소리가 울렸다.

"뭐야? 누가 왔어?"

부인은 갑작스럽게 울리는 남편의 목소리를 들었디.

"벨 소리는 나는데 귀는 없나!"

약사는 고함을 쳤다.

"제길, 엉망진창이군!"

그는 침대에서 일어나 겉옷을 걸치고는 반은 잠에 취한 채 서둘러 약국으로 걸어갔다.

"무엇이…… 필요합니까?"

그가 옵쵸소프에게 물었다.

"저…… 박하정 15코페이카어치 주십시오."

코를 흉하게 찡그리며 하품을 하는 약사는 걸으면서도 잠에 취해 있었다. 그는 서랍 속에서 약통을 꺼냈다. 2분가량 지나서 약사 부인은 옵쵸소프가 약국에서 나가는 모습을 보았다. 그리고 몇 걸음 옮기다 길바닥에 박하정을 휘익 던져 버리는 모습도 보았다. 그가 걸어가는 맞은편 모퉁이에서 군의관이 걸어왔다…….

두 사람이 마주쳤다. 그러고는 알 수 없는 손짓을 하더니 아침 안개 속으로 사라졌다.

"박복한 년!"

부인은 다시 잠들기 위해 서둘러 옷을 벗는 남편을 혐오스런 눈길로 바라보며 이렇게 중얼거렸다.

"아, 복도 지지리 없어! 누가 알아주냐고, 아무도 모르지 이 마음을……."

부인은 같은 말을 되풀이했다. 그녀의 눈에 눈물이 맺혔다.

"진열장 위에 15코페이카를 놓았어. 그 돈 가져다 놔……."

이불을 뒤집어쓰며 약사가 중얼거렸다.

그러고는 다시 잠이 들었다.

어느 관리의 죽음

어느 멋진 밤, 그에 버금갈 만큼 화려하게 멋을 낸 회계 관리 이반 드미트리치 체르뱌코프는 특석 둘째 줄에 앉아 망원경을 들고 〈코르네빌의 종(鐘)〉을 감상하고 있었다. 그는 오페라를 보면서 더할 나위 없는 행복을 느끼고 있었다. 그런데 갑자기……. 수많은 소설에서는 이 '그런데 갑자기'가 너무 흔히 나온다. 하지만 작가들은 이 말을 쓸 수밖에 없지 않은가. 그만큼 우리네 인생에는 급작스러운 일이 얼마나 많은가! 그런데 갑자기 얼굴이 구겨지고 정신이 아득해지며 숨이 멎는가 싶더니……. 에에취! 재채기를 했던 것이다.

누구든 언제 어디서나 재채기를 할 수 있다. 재채기는 농부도

하고, 경찰관도 하고, 심지어는 관청의 주사도 가끔씩 한다. 모든 사람들이 다 재채기를 한다. 체르뱌코프는 조금도 당황하지 않고 손수건으로 코를 닦은 뒤, 예의 바른 사람처럼 혹시 자신이 재채기를 해서 주변 사람들에게 폐를 끼치지 않았나 주위를 살펴보았다. 순간 그는 당황하지 않을 수 없었다. 그러니까 자신의 앞 좌석, 특석 열에 앉아 있던 작은 노인 하나가 장갑으로 자신의 대머리와 목덜미를 닦으며 뭐라고 투덜대는 것을 보게 되었다. 체르뱌코프가 보니 그 노인은 통신부 장관 브리잘로프였다.

"저분께 침이 튀고 말았군!"

체르뱌코프는 잠시 생각했다.

'나와는 마주칠 일 없는 다른 부서 장관님이시지만, 그래서 마음에 걸리는군. 용서를 구해야겠어.'

체르뱌코프는 헛기침을 한 번 하고 나서 몸을 앞으로 숙여 장관의 귀에 대고 자그마한 목소리로 말했다.

"용서해 주십시오, 장관님. 저도 모르게 그만 재채기를 해서 침이 튀었습니다……."

"괜찮소, 신경 쓰지 말아요."

"제발 용서해 주십시오. 정말이지 이런 상황이 될 줄은 몰랐습니다!"

"아, 그만 됐으니 가만 좀 있으시오, 들을 수가 없잖소!"

체르뱌코프는 몸 둘 바를 몰라 어색하게 미소 짓고는 다시 공연을 관람하기 시작했다. 하지만 그는 조금 전의 행복감을 느낄 수 없었다. 머릿속에는 온통 걱정뿐이었다. 휴식 시간이 되자 그는 브리잘로프 주위를 잠시 맴돌다가, 무척이나 소심하면서도 분명치 않은 어조로 말했다.

"제가 재채기를 하는 바람에 침이 튀고 말았습니다, 장관님……. 부디 용서해 주십시오……. 전 사실 그럴 생각이 전혀 없었는데……."

"아, 됐다고 말하지 않았소. 이미 다 잊었는데 똑같은 말을 계속 반복할 거요!"

이미 장관의 아랫입술은 실룩거리고 있었다.

'잊었다고는 하지만 분명 그분은 화가 나 있어.'

걱정스러운 체르뱌코프는 여전히 장관을 힐끔힐끔 훔쳐보며 생각했다.

'이제 나와는 말도 하기 싫다는 거야. 하지만 일부러 그런 건 절대 아니야……. 그건 생리 현상이라고 말씀드릴 걸 그랬나……. 그렇지 않으면 내가 일부러 침을 뱉으려 했다고 생각할 테니까. 지금 당장은 그렇지 않다고 말씀하시더라도 나중에는

분명 그렇게 생각하실 거야!'

집에 돌아온 체르뱌코프는 아내에게 자신이 범한 결례를 이야기했다. 하지만 아내는 대수롭지 않게 생각하는 듯 보였다. 아내도 처음에는 놀랐지만 브리잘로프가 '다른 부서의 장관'이라는 사실을 알게 된 후에는 안도하는 모습을 보였다.

"그래도 찾아가서 용서를 구해 보세요."

아내가 말했다.

"어쩌면 그분은 당신이 처신도 제대로 못하는 사람이라고 생각할지 모르잖아요!"

"그래, 나도 그렇게 생각했어! 나는 용서를 구하려 했지만 그분은 의아하게도…… 별말씀이 없지 뭐야. 게다가 따로 조용히 이야기할 시간도 없었어."

다음 날, 체르뱌코프는 새 제복을 차려입고 이발까지 말끔히 한 뒤에 브리잘로프를 찾아갔다……. 장관 접견실에는 많은 민원인들이 있었는데, 장관은 민원인들 틈에서 일을 하고 있었다. 얼마 뒤, 몇 명의 민원인을 만나고 난 장관이 체르뱌코프에게 얼굴을 돌렸다.

"기억하시지요, 장관님. 어제 아르카지야 극장에서……."

회계 관리가 말했다.

"제가 그만 재채기를 하는 바람에…… 제 뜻과는 상관없이 침이 튀어…… 죄송하다는……."

"뭐야, 대체…… 지금 무슨 소릴 하고 있는 거야! 다음 사람, 당신은 무슨 일 때문에 왔소?"

장관은 다음 민원인을 향해 말했다.

'아, 나와는 말도 하기 싫은 거야.'

체르뱌코프는 새파랗게 질려 생각했다.

'단단히 화가 난 것이 분명해…… 그렇다면 가만있을 수 없지……. 지금 당장 해명해야겠어…….'

마지막 민원인을 접견한 장관이 자신의 방으로 들어가려 할 때, 체르뱌코프는 뒤를 졸졸 쫓아가며 소심하게 말했다.

"장관님! 제가 이렇게 장관님을 찾아온 이유는…… 참회할 마음이 들어서입니다! 그러니 제발 제가 일부러 그랬다는 것이 아니라는 것을 알아주셨으면 합니다!"

장관은 울상을 지으며 한 손을 흔들었다.

"당신, 지금 나를 놀리는 거요!"

그는 이렇게 소리치고는 방으로 들어갔다.

'놀린다는 말은 또 무슨 뜻이지?'

체르뱌코프는 생각했다.

'나는 놀린 적이 없어! 아니 장관이란 분이 그런 말뜻 하나 이해를 못하시나! 방법이 없군. 제기랄! 편지를 쓰고 다시는 찾아오지 않겠어! 맹세코, 절대 오지 않을 거야!'

그렇게 결심한 체르뱌코프는 집으로 돌아왔다. 하지만 그는 결국 장관에게 편지를 쓰지 못했다. 생각에 생각을 거듭했지만, 편지에 쓸 적당한 말을 생각하지 못했던 것이다. 다음 날 그는 다시 또 해명을 하러 찾아갈 수밖에 없었다.

"장관님, 제가 어제 찾아뵈었던 건……."

장관이 무슨 일이냐는 듯 쳐다보자 그는 또다시 소심하게 말을 시작했다.

"장관님께서 말씀하신 것처럼 전 장관님을 놀릴 생각은 전혀 없었습니다. 전 단지 재채기를 하는 바람에 침이 튀어서, 그걸 사죄드리려 했습니다……. 장관님을 놀리다니요, 말도 안 되는 소리지요. 제가 어떻게 감히 장관님께 그럴 수 있겠습니까? 놀린다는 것은 단지, 그러니까, 상대방을…… 존중하지 않을 때나 그럴 수……."

"당장 꺼져!"

장관이 몸을 부들부들 떨면서 소리를 꽤액 질렀다.

"왜 그러십니까?"

공포에 질린 체르뱌코프가 몸을 움츠리며 물었다.

"당장 꺼지라고!"

이제 장관은 발을 구르며 소리쳤다.

체르뱌코프의 배 속에서 무엇인가가 터졌다. 아무것도 보지 못하고, 아무 소리도 듣지 못하고, 그는 뒷걸음쳐 거리로 나왔다……. 그러고는 기계처럼 집에 도착해 제복도 벗지 않은 채 소파에 누웠다. 그리고…… 죽었다.

개를 데리고 다니는 여인

나지막한 어조로
일상과 영혼을 노래한 안톤 체호프

체호프의 단편소설은 절제와 초연(超然)의 미학이다. 체호프는 간결한 함축과 상징적인 암시를 통해 인간 삶의 다양한 모습과 진실을 묘사했다.

흔히 체호프를 간결하게 쓰는 작가라고 말한다. 여기서 '간결함'이라 함은 묘사의 간결성만을 의미하지 않는다. 생각의 간결성, 논리의 간결성, 철학의 간결성을 포함한다.

부분을 함축적으로 묘사하여 전체를 느끼도록 유도하는 이 작가의 독특한 기법은 단편소설과 드라마의 새로운 형식을 개척하는 데 이바지했다.

섬세하면서도 객관적인 필치

러시아 사실주의 문학의 3대 거장인 톨스토이, 투르게네프, 도스토옙스키가 중편, 장편의 장르에 인간 존재의 본질, 선과 악, 사랑, 사회문제, 인간의 심리 등의 형이상학적 주제를 담았다면, 체호프는 단편소설(Rasskaz)과 중단편 소설(Povest)의 장르를 확립시켜 이 속에 우리 삶의 일상과 애환, 다양한 인간 군상의 모습들, 현세적 물질세계, 삶의 비속함을 섬세하면서도 객관적인 필치로 묘사했다.

태어나서 주목받지 못하고 평범하게 살아가는 사람들의 애환과 시련, 이들이 맞닥뜨리는 이해할 수 없는 삶의 고난과 역경, 안타까운 사랑, 인간이기에 부딪힐 수밖에 없는 감정의 혼란 등 체호프가 다루는 주제는 인간의 일상이다. 잠시도 인간으로부터 떨어지지 않는 삶의 일상이 인간의 정신과 육체에 미치는 커다란 영향력을 잘 알았기에, 작가는 이 일상을 다양한 기법과 관점으로 예술화했다.

체호프의 문체는 언제나 단순하고 깔끔하다. "단순하게 쓰는 것이 재능 있게 쓰는 것이다."라고 작가가 말했듯이, 체호프는 온갖 묘사와 설명, 인물의 대사를 가능하면 함축적으로 단순화했다. 체호프 문체의 단순함은 일견 단순한 문장 구조에서 비롯된

것으로 이해하기 쉽지만 실제로 들여다보면 문장의 단순함이 아닌 문장이 전달하는 의미의 단순함에서 온다는 것을 알 수 있다.

단순함 속에 복잡한 삶을 담다

복잡다단한 삶의 이면에 숨어 있는 단순한 진리를 적확한 단어로 함축적으로 표현하는 것이 체호프가 추구한 간결한 문체의 핵심인 셈이다. 이런 간결한 문체는 은연중에 독자들에게 행간 읽기를 강요하여 상상력을 자극하기도 한다. 특히 '끊어진 선'에 비유되는 체호프 글쓰기의 비밀은, 전부를 말하지 않지만 결국 전부를 느끼도록 유도하는 독특한 암시와 함축의 기법에 있다.

톨스토이가 독자들의 손을 꽉 잡고 교훈적, 설교적 도그마로 안내하고, 도스토옙스키가 강렬한 형이상학의 심연 속으로 독자들을 끌고 내려간다면, 체호프는 수수께끼 같은 표지판들을 세워 놓은 미로 속에서 독자의 손을 놓아 버린다. 따라서 독자의 입장에서 보면 체호프는 가장 불친절한 안내자이다. 하지만 한편으로는 독자의 자발적 흥미를 이끌어 내는 솜씨 있는 안내자이기도 하다. 이렇다 할 사건 전개 없이 흘러가는 이야기, 애매모호한 상황 묘사, 인간과 자연 그리고 정신과 사물의 경계 허물기, 결론 없는 마무리 등 자칫 문학적인 결점으로 비칠 수 있는 체호프의 문학 기법은 결국 독자들의 상상력을 자극하고 풍부한 정서적 흐름을 유도하는 '새로운 형식'을 주장한다.

체호프의 삶, 그리고 창작

체호프의 출신 배경은 당시 귀족 가문 작가들에 비해 열악했다. 할아버지는 농노였지만 돈을 모아 자유인이 되었고, 아버지는 항구도시 타간로크에서 작은 식료품점을 운영했다. 체호프의 어린 시절은 권위적인 성격과 광적인 신앙심을 가진 아버지 파벨의 잔소리, 매질, 강요된 성가대 활동 등으로 얼룩져 있었다. "예술적 재능은 아버지로부터, 영혼은 어머니로부터 받았다."라고 체호프가 술회했듯 어린 체호프에게 따뜻한 인간애를 심어 준 것은 어머니 예브게니야였다. 중학교 때 아버지가 파산하여 가족이 모두 모스크바로 쫓기듯 떠난 후, 체호프는 타간로그에 혼자 남게 되었다. 이 시기 체호프는 독립심과 통제력, 가족 부양에 대한 책임감을 키웠다. 중학교를 마치고 모스크바로 올라와 의과대학에 다니면서 생계를 위해 틈틈이 유머 잡지에 기고를 시작한 것이 문학 입문의 시작이었다. '안토샤 체혼테', '내 형의 아우', '쓸

개 빠진 남자'와 같은 필명을 쓰며 유머 단편을 창작하였고, 대학 졸업 후 몇 년 동안 의사와 작가라는 두 가지 일을 병행했다. 이 시기 체호프에게 "진료는 부인, 창작은 애인"이었다.

체호프가 전업 작가의 길을 걷게 된 동기는 문단의 중진 그리고로비치 때문이다. 일찍이 도스토옙스키를 문단에 내보낸 그리고로비치는 젊은 작가 체호프의 재능을 발견하여 그에게 진지한 장편소설을 쓰라고 충고하며 본격적인 창작 활동을 독려했다. 또 당시 유력한 보수 신문《새 시대》의 발행인 수보린을 소개했다. 수보린은 체호프에게 고정 지면을 내주었고 경제적 후원자가 되었다. 이때부터 체호프는 창작에 전념했고 경제적으로 여유로울 수 있었다.

1888년 순수문예지《북방통보》에 발표한 중편소설《초원》은 체호프 창작의 전환점이었다. 《초원》은 체호프가 잡지사의 단편 작가를 탈피하여 본격 문학에 진입하는 교두보가 되었다. 1889년 〈지루한 이야기〉가 발표되고 푸시킨상을 수상하게 되며 체호프는 문단의 총아(寵兒)로 떠오르게 된다. 같은 해에 〈이바노프〉, 〈숲의 정령〉을 통해 극작가로서 자리를 굳힌다. 이렇게 체호프의 명성이 높아지자 비평계에서 체호프의 작품에 뚜렷한 견해나 문제의 해결이 없다는 비난이 시작되었다. 이런 공격에 대해 체호프는 스스로를 "감정에 흔들리지 않고 객관적이고 판단을 유보하는 공정한 작가"로 자리매김했다. 즉 작가는 작품 속의 모든 것을 알고 창조해 내는 전지전능한 지위를 가졌다는 권리 의식뿐만 아니라 작품의 주제가 권선징악이나 도덕적이어야 한다는 강박관념을 버린 것이다. "작가의 임무는 문제의 해결이 아닌 문제의 올바른 제기다."라는 견해가 이 시기 체호프가 가진 생각이었다.

서른 살이 되던 1890년 체호프는 제정러시아 시기의 유형지인 사할린으로 떠났다. 3개월의 힘든 여행 끝에 이 섬에 도착한 작가는 섬의 역사, 지리, 죄수들의 생활상을 자세히 조사하고 기록한 뒤 그해 12월 홍콩, 싱가포르, 실론, 오데사를 거쳐 모스크바로 돌아왔다. 이 여행 이후 체호프는 한때 신봉했던 톨스토이의 무저항주의와 스토아철학의 금욕적 세계관으로부터 벗어났다. 1892년 모스크바 근교의 멜리호보에 정착한 작가는 왕성한 창작열로 〈대학생〉, 〈농부들〉, 〈다락방이 있는 집〉, 〈상자 속의 사나이〉, 〈이오느이치〉를 비롯한 주옥같은 작품들을 쓰는 한편 다양한 봉사 활동을 했다. 농민들을 무료로 진료하고 톨스토이, 코롤렌코와 함께 기근(饑饉)과 콜레라 퇴치 자선 사업을 펼쳤으며 학교, 병원 건립의 사회사업에도 힘썼다.

지병인 결핵이 악화되어 크림반도의 얄타로 이사한 체호프는 객혈과 고독, 우울 속에서 지냈다. 그래서 그는 이 남부 휴양지를 "악마의 섬", "따뜻한 시베리아"라고 불렀다. 톨스토이, 고리키와의 교류, 모스크바예술극장 여배우 올가 크니페르와의 만남과 결혼은 그에게 새로운 삶에 대한 희망을 주었다. 1904년 1월 17일 체호프의 생일에 초연된 〈벚꽃 동산〉과 창작 25주년 축하연은 그에게 무한한 기쁨과 영광을 주었지만, 그의 건강은 회복할 수 없을 정도로 악화되어 있었다. 같은 해 6월 독일 바덴바덴으로 아내 크니페르와 요양을 떠났지만 그곳에서 생애를 마쳤다.

안톤 체호프에 대한 평가

지난 세기 체호프에 대한 평가는 다양하다. 우울한 황혼의 가객, 인간의 희망을 파괴하는 염세주의자라는 시각에서, 냉정하고 객관적이지만 따뜻한 인간애가 살아 있는 휴머니스트, 기지와 재능이 넘치는 부조리의 작가라는 평가도 있다. 하지만 서거 100주년이 지난 오늘날 그의 문학적 위치는 확고부동하다. 간결하고 경제적인 묘사, 함축과 암시, 결말 없는 마무리(Open-ending), 희극성과 비극성의 애매모호한 혼합, 독자들의 몫을 위한 여백 등 체호프만의 독특한 기법은 현대 단편소설과 드라마 영역에 지대한 영향을 주었다.

여기, 번역한 체호프의 대표 작품에는 다양한 인간 군상의 사랑 이야기, 사회 병리에 대한 지식인의 비극적 종말, 가난하고 하층민의 삶을 사는 주인공들의 안타까운 처지가 객관적이고 중립적인 필치로 묘사되어 있다.

작품 소개

개를 데리고 다니는 여인

중년의 은행원 구로프는 얄타 해변에서 만난 여인 안나와 하룻밤 사랑을 나누고 헤어진다. 하지만 두 사람은 짧은 만남을 못 잊고 서로를 그리워한다. 별 의미 없는 가벼운 연애가, 각자 가정으로 돌아간 뒤 그리움과 진정한 사랑으로 변한 것이다. 남의 눈을 피해 서로 만남을 지속하면서 구로프와 안나는 비로소 사랑을 깨닫지만 서로 가정이 있기에 괴로워한다. 두 사람 앞에 기다리는 것은 갈등과 고난뿐이다. 가정을 버릴 수도 없고 사랑을 놓치기도 싫다. 둘은 내밀한 만남을 가지며 사랑의 행복과 미래에 대한 고민 속에서 끊임없이 갈등한다.

이렇듯 구로프와 안나는 불륜의 만남을 통해 서로가 지닌 허위의 삶을 깨닫고 더욱 사랑이 깊어만 간다. 그렇다면 이 둘의 만남은 진정한 사랑이고 행복일까? 체호프는 이 문제에 대해 대답하지 않는다. 시간적, 공간적 구성의 완성도, 인물과 배경 묘사의 생생하고 치밀함, 불륜의 문제를 사랑의 이야기로 승화시킨 주제 의식이 이 작품을 체호프 단편소설의 백미로 평가받게 한다.

6호 병동

외부와 차단되어 있는 정신 병동 6호실. 이곳에서 생활하는 간수와 5명의 환자. 이들은 제각각 과거의 사연에 의해 비정상적 정신세계를 갖고 이곳에 감금되어 있다. 귀족 출신 그로모프는 피해망상을 앓는다. 그는 악과 폭력을 증오하고 위선으로 가득 찬 사회를 변화시키려면 지식인들이 결속해야 한다는 신념을 가졌다. 정신병원장 의사 안드레이 예피미치 라긴은 도덕주의자이지만 세상의 무질서를 인정하고 나태와 무관심으로 살아간다. 사회의 악과 고통은 어쩔 수 없는 요소라며 저항할 필요가 없다고 믿는다. 그러나 결국 라긴 역시 정신병동에 갇히게 된다. 정작 자신은 정상이라 믿지만 세상은, 사회는 그를 비정상인으로 간주해 버린 것이다. 라긴은 공포와 분노로 병동을 탈출하려 하지만 간수 니키타의 잔인한 폭력의 희생자가 된다.

체호프가 사할린을 여행하고 돌아오자마자 발표한 이 작품은 당시 러시아의 암울한 현실에 대한 알레고리로 평가받는다. 일상생활에 뿌리 깊이 박혀 있는 비정상이고 가혹한 삶의 조건들, 이러한 조건들을 평범하고 정상적인 사람들이 인내하기 힘든 광적 정신세계가 음울한 분위기 속에 묘사되어 있다.

아뉴타

가난하고 온순한 여인 아뉴타. 그녀는 집이 없어 의과대학생 클로치코프의 하숙집에 산다. 미래의 의사를 위해 하루 종일 수를 놓아 담배와 차를 마련한다. 추운 겨울날 옷을 벗고 의대생의 시험공부를 돕는다. 아뉴타는 그것으로 만족한다. 언제든 대학생이 말하면 집을 나가야 한다. 나가면 추운 겨울에 갈 곳이 없다. 그래서 대학생의 눈치를 보고 그가 시키는 대로, 원히는 대로 해야 한다. 대학생이 의대를 졸업하고 의사가 되면 자신은 또 다른 곳으로 떠나야 할 처지라는 사실도 잘 안다.

짧은 분량의 장편(掌篇)소설에 다양한 비유와 암시, 공감각적

묘사를 통해 차가운 이미지의 대학생 클로치코프와 따뜻한 이미지의 아뉴타가 대비되어 순종적이며 존재감 없는 아뉴타의 처지는 독자들의 안타까움과 동정의 감정을 불러일으킨다.

약제사 부인

늦은 밤 젊고 아리따운 약사 부인이 잠을 못 이룬다. 약사인 남편은 코를 골며 잠들어 있다. 약사 부인은 잠도 오지 않고 뭔가 불만에 쌓여 창가를 내다보며 연방 한숨만 내쉰다. 이때 술에 취한 장교 두 명이 떠들어 대며 약국 문을 두드린다. 약사 부인은 뛰어나가 문을 열어 주고 소다와 박하를 판다. 이 과정에서 술 취한 두 남자와 이야기를 나누고 젊은 약사 부인은 결국 포도주를 나눠 마시며 삶의 따분함과 불만을 호소한다. 하지만 그뿐이다. 두 남자는 미녀를 앞에 두고 그저 필요 없는 약만 팔아 주며 호들갑을 떨고 있다. 약사 부인은 포도주를 마시고 잠시나마 외로움을 달랬지만 뭔가 아쉬움을 떨치지 못한다. 장교들이 우당탕 돌아가고 약사 부인은 계속 한숨을 내쉬며 알 수 없는 외로움과 지루함, 괴로운 감정에 빠진다. 그러다 장교 한 사람이 은밀한 뭔가를 기대하며 다시 돌아와 약국 문을 두드리지만 이번에는 잠이 깬 부스스한 얼굴의 남편 약사가 나타난다. 장교와 약사 부인의 알 수 없는 욕망과 기대는 산산이 부서진다.

그 누구도 알 수 없는 여성의 마음과 심리. 더구나 남편에게 싫증이 난 여인의 답답한 심정이 어두운 골목, 가까운 병영 그리고 약 냄새 풍기는 시골 약국의 배경과 술 취한 두 장교와의 가볍지만 미묘한 심리적 갈등과 유쾌한 대화를 통해 잘 묘사되어 있다.

어느 관리의 죽음

하급 관리 체르뱌코프는 극장에서 오페라를 감상하다가 재채기를 한다. 앞줄에 앉은 대머리 신사한테 침이 튀었다. 신사는 관청 상관이었는데 괜찮다고 했다. 그래서 그냥 넘어가나 했다. 그런데 체르뱌코프 같은 소심한, 심신이 극도로 나약한 사람에게 이 일은 엄청난 충격이고 부담이 된다. 불안은 점점 커지고 공황과 공포로 이어진다.

어느덧 그는 상관을 찾아가 용서를 빈다. 상관은 그럴 수 있다고 괜찮다고 우호적으로 대한다. 그러나 체르뱌코프는 상관을 치명적으로 괴롭힌다. 그는 광적으로 해명을 반복한다. 악이 받친 상관은 결국 그에게 소리를 지른다. 그리고 그 소리는 허약해진 체르뱌코프의 신경 체계에 가해진 최후의 타격이 된다. 멍해진 불쌍한 관리는 아무것도 보지 못하고, 아무것도 듣지 못하고 집으로 돌아와 숨을 거둔다. 모든 일에 겁먹고 풀이 죽은 '작은 인간'은 왜 자신의 사과가 받아들여지지 않았는지 이해하지 못하고 죽어 버렸다. 체르뱌코프의 사인은 일종의 신경성 쇼크인데 이 부분에서 초기 체호프의 냉정한 결론을 느낄 수 있다. 갑작스런 신경성 쇼크가 사람을 죽게 할 수도 있다는 것이다.

사소한 사건이 주인공의 소심함과 불안 때문에 걷잡을 없는 파국으로 확대되는 스토리 전개는 독자들이 '웃지도 울지도 못할 상황'을 만들어 낸다.

1860년   러시아 남부의 항구도시 타간로그에서 잡화상 파벨과 예브게니야 사이에 3남으로 태어났다. 조부인 예고르는 농노 출신의 자유민이었다.

1867년   그리스어 교구 부속 초등학교 입학했다. 1869년에는 타간로그 고전중학교(8년제)에 입학했다.

1873년   타간로그 극장에서 오펜바흐의 오페레타 〈아름다운 엘레나〉를 감상한 후 이따금 극장에 가서 〈햄릿〉, 〈검찰관〉 등을 보면서 극작가에 대한 꿈을 키웠다.

1876년 아버지 파벨이 신용조합 대출금을 갚지 못해 파산했다. 4월에 빚 청산이 안 되어 체호프를 제외한 일가족이 모스크바로 야반도주했다. 체호프는 중학교를 졸업할 때까지 타간로그에 홀로 남았다. 그동안 체호프는 가정교사를 하며 생계를 유지했다.

1879년 타간로그 중학교를 졸업하고 모스크바 의과대학에 입학했다. 모스크바의 한 잡지에 짧은 유머 단편을 투고하기 시작했다.

1880년 첫 작품 〈이웃집 학자에게 쓴 편지〉를 주간지 《잠자리》에 발표했다. 화가 레비탄을 알 게 되었다.

1881년 '안토샤 체혼테', '환자 없는 의사', '내 형의 아우', '쓸개 빠진 남자' 등의 필명을 사용하며 유머 단편들을 다양한 잡지에 본격적으로 발표하기 시작했다.

1882년 친구 팔리민의 소개로 페테르부르크의 유머 주간지 《단편들》의 발행자 레이킨을 만났다. 그 인연으로 5년 동안 300편가량의 단편을 레이킨이 발행하는 잡지들에 발표했다. 〈시골 의사 선생님들〉, 〈망한 일―보드빌 같은 사건〉 등의 작품을 발표했다.

1883년 〈어느 관리의 죽음〉, 〈알비온의 딸〉, 〈뚱뚱이와 홀쭉이〉, 〈최면술장에서〉, 〈제목을 고르기 어려운 이야기〉, 〈재판정에서 생긴 일〉 등을 발표했다.

1884년 모스크바 의과대학을 졸업했다. 12월에 처음으로 피를 토했다. 〈앨범〉, 〈카멜레온〉을 발표했다.

1885년 페테르부르크의 보수 신문 《새 시대》의 발행인 수보린과 문단의 원로 그리고로비치를 만났다. 〈개와 인간의 대화〉, 〈연극이 끝나고 난 뒤〉, 〈게으름뱅이들〉, 〈외교관〉, 〈손님〉, 〈꿈〉, 〈니노치카〉, 〈감옥에 갇힌 경비병〉, 〈예게리〉, 〈하사관 프리시베예프〉, 〈슬픔〉 등을 발표했다.

1886년 단편소설 〈추도식〉을 처음으로 안톤 체호프라는 본명으로 발표했다. 문단의 원로 작가 그리고로비치로부터 "재능을 아껴라."는 충고를 듣는다. 단편집 《잡다한 이야기들》을 출판했다. 단편소설 〈우수〉, 〈아뉴타〉, 〈아가피야〉, 〈반카〉 등을 발표했다.

1887년   고향 타간로그에 가는 길에 남러시아 초원 지대를 여행했다. 〈이바노프〉를 집필했다. 작가 코롤렌코와 만났다. 단편소설 〈베로치카〉, 〈행복〉, 〈티푸스〉, 〈입맞춤〉 등을 발표했다.

1888년   순수문예지 《북방통보》에 중편소설 《초원》을 발표했다. 크림반도, 캅카스, 우크라이나를 여행했다. 단편집《황혼》으로 러시아 학술원에서 푸시킨 상을 받았다(코롤렌코와 공동 수상). 작가 가르신 추도 기념문집에 〈발작〉을 기고했다.

1889년   페테르부르크 알렉산드르 극장에서 〈이바노프〉를 초연했다. 둘째 형 니콜라이가 폐결핵으로 사망했다. 7, 8월에 오데사, 얄타를 여행했다. 《북방통보》에 〈지루한 이야기〉를 발표했다.

1890년   사할린 섬 여행을 위하여 시베리아와 극동에 대한 자료를 조사했다. 4월에 사할린으로 출발하여 7월에 사할린에 도착했다. 3개월 동안 사할린 섬의 죄수들의 실태를 조사하고 기록했다. 10월에 동지나해, 인도양, 수에즈 운하, 오데사를 경유하여 모스크바에 도착했다. 12월에 단편소설 〈도둑들〉, 〈구세프〉 등을 발표했다.

1891년   사할린의 학교, 도서관에 보낼 도서 수집 활동을 펼쳤다. 3월에 유럽 여행을 떠났다. 비엔나, 베니스, 로마, 나폴리, 몬테카를로, 파리를 둘러보고 5월에 모스크바로 돌아왔다. 중편소설《결투》를 완성했고, 《사할린 섬》 집필을 시작했다. 가을에 기근이 들어 빈민 구제 활동을 펼쳤다.

1892년   3월에 모스크바 근교의 멜리호보로 이사했다. 11월에 〈6호실〉을 《러시아 사상》에 발표했다.

1893년   《사할린 섬》을 《러시아 사상》 10월호부터 다음해 7월호까지 연재했다. 〈큰 발로쟈와 작은 발로쟈〉 등을 발표했다.

1894년   3월에 톨스토이 사상과 결별을 선언했다. 요양차 크림반도를 여행했다. 《러시아 통보》에 〈로스차일드의 바이올린〉, 〈대학생〉, 〈문학 선생〉, 〈검은 수사〉를 발표했다.

1895년   8월에 처음으로 야스나야 폴랴나의 톨스토이를 찾아갔다. 11월에 〈갈매기〉를 탈고했다. 〈철없는 아내〉, 〈아리아드나〉, 〈목에 걸린 안나 훈장〉 등을 발표했다.

1896년 3월에 모스크바 하모브니크의 톨스토이의 집을 방문했다. 《러시아 사상》 4월호에 〈다락방이 있는 집〉을 발표했다. 12월에 알렉산드르 극장에서 〈갈매기〉를 초연했다.

1897년 멜리호보 인근 마을 노보셀로에 초등학교를 지었다. 2월에 국세 조사 활동을 했고, 3월에는 결핵이 악화되어 입원했다. 이때 톨스토이가 문병을 왔다. 4월에 《러시아 사상》에 〈농군들〉을 발표했다. 〈바냐 아저씨〉를 발표했다.

1898년 《새 시대》의 반(反)드레퓌스적 태도에 분개하여 수보린에게 반박 편지를 썼다. 〈상자 속 사나이〉, 〈나무 딸기〉, 〈사랑에 대하여〉, 〈이오느이치〉를 발표했다. 멜리호보를 떠나 얄타로 이사했다. 올가 크니페르와 알게 되었다. 10월에 아버지 파벨이 사망했다. 고리키와 서신을 교환했다. 2월에 모스크바 예술 극장에서 〈갈매기〉를 상연해 대성공을 거두었다.

1899년 3월에 고리키의 방문을 받았다. 4월에 톨스토이의 방문을 받았다. 5월에 모스크바 예술극장에서 〈갈매기〉를 상연했다. 12월에 《러시아 사상》에 〈개를 데리고 다니는 여인〉을 발표했다.

1900년 1월에 러시아 학술원 명예회원으로 뽑혔다. 〈골짜기에서〉, 〈세 자매〉를 탈고했다.

1901년 이탈리아로 여행했다(피사, 플로렌스, 로마). 5월에 올가 크니페르와 결혼했다.

1902년 2월에 타간로그 도서관에 도서를 기증했다. 4월에 〈주교〉를 발표했다. 〈벚꽃 동산〉을 집필했다.

1903년 1월에 늑막염이 발병했다. 4월에 〈약혼녀〉를 탈고했다.

1904년 1월에 모스크바 예술극장에서 〈벚꽃 동산〉을 초연했다. 6월에 올가 크니페르와 요양차 독일의 바덴바덴으로 떠났고, 그곳에서 7월 2일에 숨을 거두었다. 7월 9일에 모스크바 노보제비치 수도원 묘지에 묻혔다.

옮긴이 장한(張翰)

한국외국어대학교에서 체호프 연구로 문학 석사, 박사 학위를 받았다. 현재 한국외국어대학교에서 러시아어, 러시아문학을 강의하며 초빙 연구원으로 활동 중이다. 주요 논문으로 〈안톤 체홉의 '초원' 연구〉(1994) 〈체호프의 심리묘사 연구〉(1999) 〈체홉 산문에 나오는 깨달음의 테마〉(2000) 〈체홉의 문학과 생태공경 사상〉(2000) 〈체홉 소설에 나타난 자연과 자연관 연구〉(2000) 〈체홉의 롯실드의 바이얼린 연구〉(2001) 〈불가코프의 거장과 마르가리타: 풍자와 알레고리의 환상소설〉(2006)이 있다. 번역서로는 《톨스토이의 세 가지 질문》《신의 입맞춤, 도스토예프스키 소설 번역집》《초원, 체홉 소설 번역 선집》, 저서로는 《러시아문학사》《러시아어, 이제 동사로 표현하자》가 있다.

개를 데리고 다니는 여인 체호프 단편선 ❶

개정 1쇄 펴낸 날 2021년 1월 30일

지 은 이   안톤 체호프
옮 긴 이   장한
펴 낸 이   장영재
펴 낸 곳   (주)미르북컴퍼니
자 회 사   더클래식
전   화   02)3141-4421
팩   스   02)3141-4428
등   록   2012년 3월 16일(제313-2012-81호)
주   소   서울시 마포구 성미산로32길 12, 2층 (우 03983)
E-mail   sanhonjinju@naver.com
카   페   cafe.naver.com/mirbookcompany

* (주)미르북컴퍼니는 독자 여러분의 의견에 항상 귀 기울이고 있습니다.
* 파본은 책을 구입하신 서점에서 교환해 드립니다.
* 책값은 뒤표지에 있습니다.

더클래식

세계문학
컬렉션

* 더클래식 세계문학 컬렉션은 계속 출간될 예정입니다.